Charlotte Brontë

Jane Eyre

Traduction révisée de
Mme Lesbazeilles-Souvestre

Abrégée par Marie-Hélène Sabard

Classiques
Texte abrégé

l'école des loisirs
11, rue de Sèvres, Paris 6e

ISBN : 978-2-211-23828-1

Loi numéro 49 956 du 16 juillet 1949 sur les publications
destinées à la jeunesse : mars 2008
Dépôt légal : octobre 2021
Imprimé en France par CPI Firmin-Didot
à Mesnil-sur-l'Estrée (166205)

CHAPITRE I

Il était impossible de se promener ce jour-là. Le matin, nous avions erré pendant une heure dans le bosquet dépouillé de feuilles, mais, depuis le déjeuner, le vent glacé d'hiver avait apporté des nuages si sombres et une pluie si pénétrante, qu'on ne pouvait songer à aucune excursion.

J'en étais contente. Je n'ai jamais aimé les longues promenades, surtout par le froid, le cœur attristé par les réprimandes de Bessie, la bonne d'enfants, et l'esprit humilié par la conscience de mon infériorité physique vis-à-vis d'Eliza, John et Georgiana Reed.

Lesdits Eliza, John et Georgiana étaient groupés dans le salon auprès de leur maman ; celle-ci, étendue sur un sofa au coin du feu et entourée de ses chéris, semblait parfaitement heureuse. Elle m'avait dispensée de me joindre à leur groupe.

Une petite salle à manger ouvrait sur le salon ; je m'y glissai. Il s'y trouvait une bibliothèque ; j'eus bientôt pris possession d'un livre. Je me plaçai dans l'embrasure de la fenêtre et, ayant tiré le rideau de damas rouge, je me trouvai enfermée dans une double retraite.

Ayant ainsi mon livre sur mes genoux, j'étais heureuse, du moins heureuse à ma manière. Je ne craignais qu'une interruption, et elle ne tarda pas à arriver. La porte de la salle à manger s'ouvrit.

– Hé ! madame la boudeuse ! cria la voix de John Reed.

John Reed était un écolier de quatorze ans, et je n'en avais alors que dix. Il était grand et vigoureux pour son âge ; sa peau était grise et malsaine, ses traits épais, son visage large, ses membres lourds. Il avait l'habitude de manger avec une telle voracité, que son teint était devenu bilieux, ses yeux troubles, ses joues pendantes.

John n'avait beaucoup d'affection ni pour sa mère ni pour ses sœurs. Quant à moi, je lui étais antipathique : il me brutalisait et me punissait non pas deux ou trois fois par semaine, non pas une ou deux fois par jour, mais continuellement. Je ne pouvais en appeler à personne ; les domestiques auraient craint d'offenser leur jeune maître en prenant ma défense, et Mme Reed était aveugle et sourde sur ce sujet.

Ayant l'habitude d'obéir à John, je m'approchai. Je savais qu'il allait me frapper et, attendant le coup, je regardais vaguement sa figure repoussante.

– Que faisais-tu derrière le rideau ? me demanda-t-il.

– Je lisais.

– Tu n'as pas à prendre nos livres ; maman dit que tu dépends de nous ; tu n'as pas d'argent, ton père ne t'en a pas laissé ; tu devrais mendier et non pas vivre ici avec des enfants de bonne famille comme nous. Maintenant, je vais t'apprendre à piller ma bibliothèque : car ces livres *m'appartiennent*, toute la maison est à moi ou le sera dans quelques années. Va te placer près de la porte, loin du miroir et de la fenêtre.

Je le fis sans comprendre d'abord son intention, mais quand je le vis brandir le livre, je reculai d'instinct en jetant un cri ; mais pas assez promptement. Le volume vola, m'atteignit, et je tombai, ma tête heurtant la porte. La coupure saignait, la douleur était vive : la terreur céda la place à d'autres sentiments.

– Vous êtes un méchant, un misérable ! criai-je. Un négrier, un empereur romain !

Il se précipita sur moi, me saisit par les cheveux et les épaules. Je ne sais trop ce que je fis de mes mains, mais j'entendis John me traiter de rat et brailler. Du secours arriva bientôt : Eliza et Georgiana étaient allées chercher leur mère, qui entra pendant la scène ; sa bonne, Mlle Abbot, et Bessie l'accompagnaient. On nous sépara.

– Emmenez-la dans la chambre rouge, dit Mme Reed. Et enfermez-la.

Quatre mains se posèrent immédiatement sur moi, et je fus emportée.

CHAPITRE II

La chambre rouge était une chambre de réserve où l'on couchait rarement.

M. Reed y était mort il y avait neuf ans ; c'était là qu'il avait rendu son dernier soupir, c'était de là que son cercueil avait été enlevé, et, depuis ce jour, une espèce de culte imposant avait maintenu cette chambre déserte.

Je ne savais pas si la porte avait été fermée à clef, et, dès que j'osai remuer, je me levai pour m'en assurer. Hélas ! jamais criminel n'avait été mieux emprisonné. Je retournai à ma place.

Mon sang échauffait encore mes veines ; la rage de l'esclave révolté me travaillait encore avec force.

Les violentes tyrannies de John Reed, l'orgueilleuse indifférence de ses sœurs, l'aversion de leur mère, la partialité des domestiques remontaient à la surface de mon esprit comme un noir limon. Pourquoi devais-je toujours souffrir ? Pourquoi étais-je toujours traitée avec mépris, accusée, condamnée ? Pourquoi ne pouvais-je jamais plaire ? Eliza, bien qu'entêtée et égoïste, était respectée. Georgiana, gâtée, envieuse, insolente, querelleuse, était traitée avec indulgence par tout le monde. Sa beauté, ses joues roses, ses boucles d'or semblaient ravir tous ceux qui la regardaient et racheter ses fautes. John n'était jamais contrarié, encore moins puni, quoiqu'il tordît le cou des pigeons, tuât les jeunes paons et brisât les boutons des plantes rares. Quant à moi, je n'osais commettre aucune faute, m'efforçais d'accomplir tous mes devoirs et, du matin au soir, on me déclarait méchante et sournoise.

Ce qu'il y avait en moi de résolution, exalté par tout ce qui se passait, me faisait rêver aux plus étranges moyens pour échapper à cette insupportable oppression ; je songeais à fuir, par exemple, ou, si je ne pouvais m'échapper, à refuser de manger et de boire et à me laisser mourir.

Mais le caveau de la chapelle du château était-il une demeure attrayante ? On m'avait dit que M. Reed y était enseveli. Conduite ainsi au souvenir du mort, je me mis à réfléchir avec une terreur croissante. Je n'avais aucun souvenir de lui, mais je savais qu'il était mon oncle, le frère de ma mère, qu'il m'avait recueillie alors que j'étais un bébé orphelin, et que, à ses derniers instants, il avait exigé de Mme Reed la promesse de m'élever comme ses propres enfants.

Une singulière idée s'empara de moi. Je pensais que l'esprit de M. Reed quitterait peut-être sa demeure et apparaîtrait devant moi dans cette chambre. Mon cœur battait avec violence, ma tête était brûlante ; j'étais oppressée, suffoquée ; je ne pus pas me contenir plus longtemps, je me précipitai vers la porte et secouai la serrure avec des efforts désespérés. J'entendis des pas dans le couloir ; la clef tourna, Bessie et Mlle Abbot entrèrent.

– Faites-moi sortir ! Laissez-moi aller dans la chambre d'enfants ! dis-je dans un cri.

Je m'étais emparée de la main de Bessie, et elle ne me la retira pas.

– Que signifie tout ceci ? demanda une voix impérieuse.

Et Mme Reed arriva par le corridor. Son bonnet était soulevé par le vent, et sa marche précipitée agitait violemment sa robe.

– Bessie et Abbot, j'avais donné ordre de laisser Jane Eyre dans la chambre rouge jusqu'au moment où je viendrais l'y chercher moi-même.

– Madame, Mlle Jane criait si fort ! hasarda Bessie.

– Laissez-la. Je déteste la tromperie, surtout chez les enfants. Tu vas rester ici une heure de plus.

– Oh ! ma tante, pitié ! Pardonnez-moi ! Punissez-moi d'une autre manière ! Je vais mourir si…

– Silence ! Cette violence est répugnante.

Elle me repoussa brusquement et referma la porte à clef. Je suppose que j'eus alors une sorte d'évanouissement, car je n'ai pas conscience de ce qui suivit.

CHAPITRE III

La première chose dont je me souvienne ensuite, c'est de m'être réveillée avec l'impression de sortir d'un effroyable cauchemar.

Je m'aperçus que j'étais couchée dans mon lit. La nuit était tombée, une chandelle brûlait sur la table ; Bessie, debout au pied du lit, portait une cuvette, et un monsieur, assis sur une chaise près de mon oreiller, se penchait vers moi.

J'éprouvai un inexprimable soulagement, la douce conviction que j'étais protégée, en constatant qu'il y avait un inconnu dans la chambre, un étranger qui n'habitait pas Gateshead et n'appartenait pas à la famille de Mme Reed. Je le connaissais ; c'était M. Lloyd, un pharmacien que Mme Reed appelait parfois quand les domestiques étaient malades ; pour elle et pour ses enfants, elle avait recours à un médecin.

– Qu'est-ce qui t'a rendue malade ?

– Elle est tombée, dit Bessie.

– On m'a frappée, voilà ce qui m'a fait tomber ! m'écriai-je dans un élan d'orgueil blessé. Mais ce n'est pas ce qui m'a rendue malade.

Une cloche retentit pour annoncer le repas des domestiques.

– C'est pour vous, Bessie, dit le pharmacien. Vous pouvez descendre ; je vais faire la morale à Mlle Jane en attendant votre retour.

Bessie aurait préféré rester, mais la ponctualité aux repas était une règle qu'on ne pouvait enfreindre au château de Gateshead.

– Si ce n'est pas une chute qui t'a rendue malade, qu'est-ce donc ? continua M. Lloyd quand Bessie fut sortie.

– On m'a enfermée dans une chambre hantée par un revenant.

Je vis M. Lloyd tout à la fois sourire et froncer le sourcil.

– Et c'est là ce qui t'a rendue si malheureuse ?

– Non, je suis malheureuse pour d'autres raisons. Je n'ai ni père, ni mère, ni frère, ni sœur.

– Mais tu as une tante et des cousins qui sont bons pour toi.

– C'est John Reed qui m'a frappée, et c'est ma tante qui m'a enfermée dans la chambre rouge, répondis-je maladroitement.

– As-tu d'autres parents que Mme Reed ?

– Je ne pense pas, monsieur. Je l'ai demandé un jour à ma tante Reed, et elle m'a dit que je pouvais avoir quelques pauvres parents du nom d'Eyre, mais qu'elle n'en savait rien. Elle prétend que, si j'en ai, ils doivent appartenir à la race des mendiants, et je ne voudrais pas aller mendier.

– Aimerais-tu aller à l'école ?

Je réfléchis. Je savais à peine ce qu'était une école. John Reed détestait son école, mais ses goûts ne pouvaient servir de règle aux miens.

D'ailleurs, l'école amènerait un complet changement de vie: elle signifiait un long voyage, une rupture d'avec Gateshead, le commencement d'une nouvelle existence.

– J'aimerais beaucoup aller à l'école, fut la conclusion de mes méditations.

– Eh bien! Qui sait ce qui peut arriver? me dit M. Lloyd en se levant. Il faudrait à cette enfant un changement d'air et d'entourage, ajouta-t-il pour lui-même. Les nerfs ne sont pas en bon état.

Bessie rentra; au même moment, on entendit la voiture de Mme Reed dans l'allée de gravier.

– Est-ce votre maîtresse, Bessie? demanda M. Lloyd. Je voudrais lui parler avant de partir.

Bessie l'invita à passer dans la salle à manger. Dans l'entretien qui suivit entre lui et Mme Reed, je suppose, d'après ce qui se passa plus tard, que le pharmacien l'engagea à m'envoyer à l'école; cet avis fut sans doute adopté tout de suite car, le soir même, Abbot et Bessie, me croyant endormie, se mirent à discuter sur ce sujet.

J'appris, par les déclarations de Mlle Abbot à Bessie, que mon père avait été un pauvre pasteur et que ma mère l'avait épousé contre l'avis de sa famille, qui considérait ce mariage comme indigne d'elle. Mon grand-père Reed, irrité par sa désobéissance, avait privé ma mère de sa dot. Après un an de mariage, mon père avait attrapé le typhus en visitant les pauvres d'une grande ville industrielle. Ma mère avait été contaminée à son tour, et tous deux étaient morts à un mois d'intervalle.

Après avoir entendu ce récit, Bessie soupira :

– Pauvre Mlle Jane, elle est bien à plaindre.

– Oui, répondit Abbot. Si c'était une belle enfant, on pourrait avoir pitié, mais qui peut se soucier d'un semblable petit crapaud ?

CHAPITRE IV

On était le 15 janvier, vers neuf heures du matin.

Bessie monta précipitamment l'escalier et arriva dans la chambre d'enfants en criant :

– Mademoiselle Jane, retirez votre tablier. Avez-vous lavé votre figure et vos mains ce matin ?

Je n'eus pas l'embarras de répondre, car elle semblait trop pressée pour écouter mes explications ; elle me traîna vers la table de toilette, prit du savon et de l'eau, et m'en frotta sans pitié la figure et les mains. Ensuite, elle lissa mes cheveux avec une brosse dure, m'ôta mon tablier et, me poussant sur le palier, m'ordonna de descendre immédiatement dans la salle à manger, où j'étais attendue.

Depuis bientôt trois mois, je n'avais pas été appelée par Mme Reed ; la salle à manger et les deux salons étaient devenus pour moi une région imposante dans laquelle il m'était pénible de pénétrer.

La porte s'ouvrit, et une sorte de colonne noire arrêta mes yeux, telle m'apparut du moins la longue et étroite silhouette habillée de noir qui se tenait debout sur le tapis.

Mme Reed occupait sa place ordinaire, près du feu ; elle me fit signe d'approcher et me présenta à l'inconnu de pierre.

Il tourna lentement la tête de mon côté et, après m'avoir examinée d'un regard inquisiteur qui perçait sous ses sourcils broussailleux, il demanda sur un ton solennel et avec une voix de basse :

– Jane Eyre, es-tu une bonne petite fille ?

Impossible de répondre par l'affirmative : tout mon petit univers était d'avis contraire ; je gardai donc le silence. Mme Reed parla pour moi :

– Moins nous évoquerons ce sujet, mieux cela vaudra, monsieur Brockelhurst.

– Je suis fâché de l'apprendre ! Il faut que je m'entretienne quelques instants avec cette petite.

Et, renonçant à sa position perpendiculaire, il installa sa personne dans un fauteuil qui faisait face à celui de Mme Reed. Je m'avançai sur le tapis. Quelle tête il avait, maintenant que je la voyais presque au niveau de la mienne ! quel grand nez ! quelle bouche ! quelles grosses dents proéminentes !

– Il n'y a rien de si triste que le spectacle d'un méchant enfant, commença-t-il, surtout d'une méchante petite fille. Sais-tu où vont les méchants après leur mort ?

Ma réponse fut rapide et orthodoxe.

– En enfer, dis-je.

– Et qu'est-ce que l'enfer ?

– C'est un gouffre de flammes.

– Aimerais-tu être précipitée dans ce gouffre et y brûler pour l'éternité ?

– Non, monsieur.

– Que dois-tu faire pour éviter cela ?

Je réfléchis un moment et, cette fois, il fut facile de m'attaquer sur ma réponse.

– Je dois me maintenir en bonne santé et ne pas mourir.

– Des enfants plus jeunes que toi périssent quotidiennement. Il y a peu, j'ai enterré un petit garçon de cinq ans ; mais il était bon, et son âme est allée au ciel. On ne pourrait en dire autant de la tienne, si tu étais appelée dans l'autre monde.

Je fixai mes yeux sur ses deux gros pieds plantés dans le tapis et soupirai en souhaitant être à cent lieues de là.

– J'espère que ce soupir vient du cœur, reprit

M. Brockelhurst, et que tu te repens d'avoir toujours été un sujet de tristesse pour ton excellente bienfaitrice.

Mme Reed entreprit de poursuivre elle-même la conversation :

– Je crois, monsieur Brockelhurst, vous avoir mentionné que cette petite n'a ni le caractère ni les dispositions que je souhaiterais voir en elle. Si donc vous l'admettiez à l'école de Lowood, je demanderais que la directrice et les maîtresses aient l'œil sur elle ; je les prierais surtout de se tenir en garde contre son plus grand défaut, sa tendance à la fourberie. Je dis ces choses devant toi, Jane, afin que tu n'essaies pas de tromper M. Brockelhurst.

– La fourberie est un bien triste défaut chez un enfant, dit celui-ci. Elle sera surveillée. Je parlerai à Mlle Temple et aux maîtresses.

– Je voudrais, continua ma bienfaitrice, que son éducation soit en rapport avec sa position, et qu'on la rende utile et humble. Quant aux vacances, avec votre permission, elle les passera toutes à Lowood. Je l'y enverrai aussitôt que possible, monsieur Brockelhurst, car j'ai hâte, je vous assure, d'être débarrassée d'une responsabilité qui se fait pesante. Adieu, monsieur ; rappelez-moi au bon souvenir de Mme et Mlle Brockelhurst.

– Je n'y manquerai pas, madame.

Sur ces mots, M. Brockelhurst nous quitta.

Je restai seule avec Mme Reed; quelques minutes se passèrent en silence. Elle cousait, et je l'examinais. À l'époque, Mme Reed pouvait avoir trente-six ou trente-sept ans; c'était une femme d'une constitution robuste, aux épaules carrées, aux membres vigoureux; sa figure paraissait large, à cause d'une mâchoire inférieure extrêmement développée et solide.

Mme Reed leva les yeux de son ouvrage, les fixa sur les miens, et ses doigts s'arrêtèrent.

– Sors d'ici et retourne dans la chambre d'enfants, m'ordonna-t-elle.

Il fallait *parler*: j'avais été impitoyablement foulée aux pieds, je *devais* me venger, mais comment? Quelles étaient mes forces pour lutter contre une telle adversaire? Je fis appel à tout ce qu'il y avait d'énergie en moi et la concentrai dans ces seuls mots:

– Je ne suis pas fourbe: si je l'étais, je dirais que je vous aime, or je vous déteste plus que quiconque au monde, excepté John Reed. Je ne vous appellerai plus jamais ma tante. Je ne viendrai jamais vous voir quand je serai grande, et si quelqu'un me demande si je vous aime et comment vous me traitiez, je lui dirai que vous avez été abominablement cruelle avec moi. On vous croit bonne, mais votre cœur est dur. C'est *vous* qui êtes fourbe!

Quand j'eus cessé de parler, le plus étrange

sentiment de libération et de triomphe que j'aie jamais éprouvé s'empara de mon âme. Je crus qu'une chaîne invisible s'était brisée et que je venais de conquérir une liberté inespérée. Je pouvais le croire en effet, car Mme Reed semblait effrayée; son ouvrage avait glissé de ses genoux; elle levait les mains, s'agitait, et même, à sa figure contractée, on aurait dit qu'elle allait pleurer.

– Jane, me dit-elle, tu te trompes. Ce sont là des choses que tu ne comprends pas: il faut bien corriger les enfants de leurs défauts.

– La fourberie n'est pas mon défaut! m'écriai-je d'une voix sauvage. Envoyez-moi vite à l'école, madame Reed, car je hais cette maison.

– Oh! oui, je vais vite l'y envoyer, murmura Mme Reed; et, ramassant son ouvrage, elle quitta vivement la pièce.

On m'avait laissée seule, maîtresse du terrain. C'était ma plus rude bataille, et ma première victoire. Mais un enfant ne peut pas donner un libre cours à sa rage sans éprouver ensuite les affres du remords. Une demi-heure de silence et de réflexion me montra la folie de ma conduite, et la tristesse d'une position où j'étais haïe autant que je haïssais.

J'ouvris la porte vitrée de la salle à manger et allai me promener dans une partie tout à fait reculée du parc.

J'entendis tout à coup une voix claire appeler :

– Mademoiselle Jane ! où êtes-vous ? venez déjeuner !

C'était Bessie, je le savais, mais je ne répondis pas ; bientôt le bruit léger de ses pas arriva jusqu'à moi.

– Méchante petite ! me dit-elle. Pourquoi ne venez-vous pas quand on vous appelle ?

La présence de Bessie me sembla plus douce que les pensées dont j'étais accablée, bien que, selon son habitude, elle fût d'assez mauvaise humeur. Je jetai mes deux bras autour de son cou en disant :

– Allons, Bessie ! ne grondez plus.

– Vous êtes une étrange enfant, mademoiselle Jane, me dit-elle. N'êtes-vous pas triste de quitter la pauvre Bessie ?

– Que suis-je pour Bessie ? Elle me gronde toujours.

– Sottise ! Mais, pour le reste, il est sûr que vous n'êtes pas bien traitée. Venez, j'ai une bonne nouvelle pour vous. Monsieur, madame et mesdemoiselles prennent le thé dehors cet après-midi ; quant à vous, vous le prendrez avec moi. Je vais demander à la cuisinière de vous faire un petit gâteau, et ensuite vous m'aiderez à visiter vos tiroirs, parce qu'il faut que je fasse votre malle. Madame veut que vous quittiez Gateshead dans un jour ou deux.

– Bessie, dis-je, promettez-moi de ne plus me gronder jusqu'à mon départ.

– Je vous le promets, mais soyez une bonne fille et n'ayez pas peur de moi.

Elle s'inclina, et nous nous embrassâmes; puis, tout à fait réconfortée, je la suivis dans la maison. L'après-midi se passa dans la paix et l'harmonie. Même pour moi, la vie avait ses rayons de soleil.

CHAPITRE V

Cinq heures venaient de sonner au matin du 19 janvier quand Bessie entra avec une bougie dans mon petit réduit et me trouva debout et presque habillée. Je devais quitter Gateshead ce même jour et prendre, à six heures, la diligence qui passait devant la loge du portier.

La lune avait disparu, et il faisait très noir. Bessie portait une lanterne, dont la lumière venait éclairer les marches humides du perron. Ce matin d'hiver était glacial, et je claquais des dents en descendant l'allée d'un pas pressé. La loge du portier était éclairée. La veille au soir, ma malle avait été descendue, ficelée et déposée à la porte. Il était six heures moins quelques minutes, et lorsque l'horloge eut sonné, un bruit de roues annonça l'arrivée de la voiture. Ma malle fut hissée; on m'arracha au cou de Bessie.

– Ayez bien soin de l'enfant ! cria-t-elle au postillon, lorsque celui-ci me plaça dans l'intérieur de la voiture.

La portière claqua, j'entendis une voix qui criait : « Enlevez ! », et nous étions partis. C'est ainsi que je fus séparée de Bessie et de Gateshead, ainsi que je fus emmenée vers des régions inconnues, lointaines et mystérieuses.

Je ne me rappelle que peu de chose de ce voyage ; je sais seulement que la journée me parut interminable et que j'eus l'impression de parcourir des centaines de lieues.

Quand l'après-midi fit place au crépuscule, je compris que nous étions bien loin de Gateshead : nous ne traversions plus de villes, le paysage était changé ; de hautes collines grises fermaient l'horizon. Je sommeillais depuis peu de temps, lorsque, la voiture s'arrêtant soudain, je m'éveillai. Devant moi se tenait une personne que je pris pour une domestique.

– Y a-t-il ici une petite fille du nom de Jane Eyre ? demanda-t-elle.

– Oui, répondis-je.

On me fit descendre, ainsi que ma malle, et la diligence repartit aussitôt.

Je distinguai une maison, ou plusieurs maisons, car le bâtiment était étendu, percées d'un grand nombre de fenêtres, dont certaines étaient éclairées. Nous empruntâmes un large sentier caillouteux et plein de flaques, au bout duquel se trouvait une porte. De là, la domestique me conduisit dans une pièce où brûlait un feu et m'y laissa seule.

C'était un salon, non pas aussi vaste et élégant que celui de Gateshead, mais assez confortable. Je m'efforçais de comprendre le sujet d'un tableau accroché au mur, quand quelqu'un entra avec une bougie ; derrière se tenait une seconde personne.

La première était une grande femme aux cheveux noirs, aux yeux noirs et au haut front pâle.

– Cette enfant est bien jeune pour voyager seule, dit-elle. Elle a l'air fatigué. Avant de l'envoyer au lit, faites-lui donner à manger, mademoiselle Miller.

Elle me caressa doucement la joue de son index, puis me remit entre les mains de Mlle Miller.

La dame que je venais de quitter pouvait avoir vingt-neuf ans ; celle qui m'accompagnait paraissait de quelques années plus jeune. Mlle Miller avait l'air d'une sous-maîtresse, et j'appris plus tard que, en effet, tel était son rôle à Lowood. Elle me conduisit de pièce en pièce, de corridor en corridor, à travers un grand bâtiment de forme irrégulière ; au silence absolu et un peu effrayant qui régnait dans cette partie de la maison succéda le murmure de voix nombreuses. Nous entrâmes dans une longue et large salle. À chaque bout se dressaient deux grandes tables éclairées chacune par deux chandelles. Autour étaient assises sur des bancs des jeunes filles dont l'âge variait de dix à vingt ans. Elles me parurent innombrables, quoiqu'en réalité elles ne fussent pas plus de quatre-vingts. Elles portaient toutes le même costume : des robes en étoffe brune et d'une coupe étrange et, par-dessus la robe, de longs tabliers écrus. C'était l'heure de l'étude ; elles repassaient leurs leçons du lendemain, de là provenait le murmure que j'avais entendu.

Mlle Miller me fit signe de m'asseoir sur un banc près de la porte, puis, se dirigeant vers le bout de cette longue salle, elle cria :

– Monitrices, allez chercher les plateaux du dîner !

De grandes filles sortirent et revinrent après quelques instants, portant chacune un plateau sur lequel étaient disposées des portions d'une chose que je ne n'identifiai pas. Au milieu, je vis un pichet plein d'eau et une timbale. Les portions furent distribuées ; celles qui avaient soif prirent un peu d'eau à la timbale commune. Quand vint mon tour, je bus, car j'étais assoiffée, mais ne pus rien manger ; l'excitation et la fatigue m'avaient coupé l'appétit. Je vis toutefois, lorsque le plateau passa devant moi, que le dîner se composait d'une mince galette d'avoine coupée en tranches.

Le repas achevé, Mlle Miller lut les prières, et les classes montèrent l'escalier en colonne par deux. Épuisée, je prêtai peu d'attention au dortoir ; cependant, il me parut très long, comme la salle d'étude. Cette nuit-là, je devais partager le lit de Mlle Miller. Une fois couchée, je jetai un regard sur les longues rangées de lits, dont chacun fut bientôt occupé par deux élèves. Au bout de dix minutes, l'unique lumière bougie fut soufflée, et je m'endormis dans une obscurité et un silence complets.

Quand mes yeux se rouvrirent, on sonnait une cloche ; les filles étaient debout et s'habillaient. Le jour n'avait pas encore commencé à poindre, et une ou deux chandelles brillaient dans la chambre. Je me levai à contrecœur ; le froid était vif et, tout en grelottant, je m'habillai de mon mieux. Aussitôt qu'une cuvette fut libre, je me lavai, ce qui n'arriva pas de sitôt, car il n'y avait qu'une cuvette pour six élèves. La cloche retentit à nouveau : tout le monde se rangea par deux pour descendre l'escalier et entrer dans une salle de classe froide et à peine éclairée.

Je m'aperçus que les élèves s'étaient séparées en quatre groupes qui se tenaient devant quatre chaises placées près des quatre tables.

Une cloche lointaine retentit, et trois dames entrèrent dans la salle ; chacune s'assit à une table. Mlle Miller prit la quatrième chaise, la plus proche de la porte, autour de laquelle étaient rassemblées les élèves les plus petites : on m'ordonna de prendre place dans cette classe inférieure, et on me relégua au dernier rang.

Le travail commença ; on récita la prière du jour, ainsi que quelques textes de l'Écriture sainte. Vint ensuite une lecture prolongée de la Bible, qui dura environ une heure. Lorsque cet exercice fut terminé, il faisait grand jour. L'infatigable cloche sonna pour la quatrième fois : les classes furent mises en rangs et dirigées vers le réfectoire pour le petit déjeuner.

Le réfectoire était une grande salle basse et sombre ; sur deux longues tables fumaient des jattes dont l'odeur n'était pas propre, hélas, à exciter l'appétit. Il y eut un mouvement général de mécontentement lorsque le fumet du repas parvint aux narines de ses destinataires.

On dit un long bénédicité et on chanta un cantique ; puis une domestique apporta du thé pour les maîtresses, et le repas commença.

J'avalai une ou deux cuillerées sans penser au goût qu'elles pouvaient avoir, mais quand ma faim fut un peu apaisée, je m'aperçus que je mangeais une bouillie détestable. Le petit déjeuner s'acheva sans que personne eût petit déjeuné. On rendit grâce de ce qu'on n'avait pas reçu, on chanta un second cantique, et le réfectoire fut évacué au profit de la salle de classe.

On ne se remit au travail qu'au bout d'un quart d'heure ; pendant ce temps, il fut permis de parler haut et plus librement, et toutes les élèves profitaient du privilège. La conversation roula sur le petit déjeuner, et chacune déclara qu'il n'était pas mangeable.

Une pendule dans la salle sonna neuf heures.

En cinq minutes, la confusion avait cessé. Les maîtresses avaient repris leur poste ; pourtant, l'école entière semblait dans l'attente. Les quatre-vingts filles étaient assises en rangs sur leurs bancs.

Pendant que mes yeux allaient de l'une à l'autre, toute l'école se leva simultanément, comme mue par une même impulsion.

Tous les yeux s'étant tournés vers un même point, les miens suivirent cette direction, et j'aperçus dans la salle la personne qui m'avait reçue la veille. Mlle Miller s'approcha d'elle, lui fit une question et, après avoir obtenu la réponse demandée, regagna sa place et dit à haute voix :

– Monitrice de la première classe, apportez les mappemondes !

Pendant que l'ordre était exécuté, la dame se promena lentement dans la pièce. Vue à la lumière du jour, elle m'apparut belle, grande et bien faite ; dans ses yeux bruns brillait une lueur bienveillante. Que le lecteur se représente des traits fins, un teint pâle, mais clair, un port noble, et il aura, aussi complètement que peuvent l'exprimer des mots, l'image de Mlle Temple, Maria Temple, comme je l'appris plus tard.

La directrice de Lowood, car c'était elle, s'assit à la table où avaient été placées les mappemondes, réunit la première classe autour d'elle et commença une leçon de géographie ; les classes inférieures furent appelées par les autres maîtresses et, pendant une heure, on continua les répétitions de grammaire et d'histoire, puis vinrent l'écriture et l'arithmétique. L'horloge avertissait lorsque l'heure fixée pour chaque leçon était écoulée. Quand enfin elle sonna midi, la directrice se leva.

– J'ai un mot à adresser aux élèves, dit-elle. Vous avez eu ce matin un petit déjeuner que vous n'avez pu manger ; vous devez avoir faim : j'ai donné ordre de vous servir une collation de pain et de fromage.

Les maîtresses la regardèrent avec surprise.

– Je prends sur moi la responsabilité de cet acte, ajouta-t-elle à leur intention, comme pour expliquer sa conduite ; puis elle quitta la salle.

Le pain et le fromage furent apportés et distribués, au grand contentement de toute l'école. Ordre fut ensuite donné de se rendre au jardin. Et, suivant le flot, j'arrivai en plein air.

Je n'avais encore parlé à personne, et personne ne semblait faire attention à moi ; j'étais seule, mais j'avais l'habitude de cet isolement. Je m'appuyai contre un pilier de la véranda, ramenai sur ma poitrine mon manteau et tâchai d'oublier le froid qui m'assaillait au-dehors et la faim qui me rongeait au-dedans. Mes yeux se reportèrent sur la maison, dont une moitié était grise et vieille, tandis que l'autre paraissait entièrement neuve. La nouvelle partie, qui contenait la salle de classe et le dortoir, était percée de fenêtres treillissées qui lui donnaient l'aspect d'une église. Une plaque de pierre, placée au-dessus de la porte, portait cette inscription :

« Institution de Lowood. Partie reconstruite en l'an... par Naomi Brockelhurst, du château de Brockelhurst, en ce comté. »

Après avoir lu et relu ces mots, je compris qu'ils exigeaient une explication. Je réfléchissais à la signification du mot « institution », lorsque le son d'une toux creuse me fit tourner la tête. J'aperçus une jeune fille assise à proximité sur un banc de pierre ; elle tenait un livre qui semblait l'absorber tout entière. En tournant une page, elle leva les yeux, et j'en profitai pour lui parler :

– Peux-tu me dire ce que signifie l'inscription gravée sur cette pierre ? Qu'est-ce que l'institution de Lowood ?

– C'est la maison où tu es venue habiter. C'est une école de charité ; toi et moi, et toutes les autres élèves, sommes des enfants de charité. Tu dois être orpheline : n'as-tu pas perdu ton père ou ta mère ?

– Tous deux sont morts trop tôt pour que je puisse m'en souvenir.

– Eh bien, toutes les filles d'ici ont perdu au moins un de leurs parents, et l'école s'appelle Institution pour l'éducation des orphelines.

– Et qui était Naomi Brockelhurst ?

– La dame qui a bâti la nouvelle partie de cette maison, comme l'indique l'inscription. Son fils a maintenant la direction générale de l'école.

– Alors la maison n'appartient pas à cette grande dame qui nous a fait donner du pain et du fromage ?

– À Mlle Temple ? Oh non ! Je souhaiterais bien qu'elle lui appartienne, mais elle doit rendre compte à M. Brockelhurst de tous ses actes. C'est lui qui achète notre nourriture et nos vêtements.

– Demeure-t-il ici ?

– Non… il habite dans un grand manoir, à deux milles d'ici.

– Est-il bon ?

– C'est un pasteur, on prétend qu'il fait beaucoup de bien.

– N'as-tu pas dit que cette grande dame s'appelait Mlle Temple ?

– Oui.

– Et quels sont les noms des autres maîtresses ?

– Celle qui a les joues rouges, c'est Mlle Smith. Elle surveille notre couture, car nous faisons nous-mêmes nos vêtements. La petite avec des cheveux noirs, c'est Mlle Scatcherd ; elle donne les leçons d'histoire, de grammaire, et fait réciter les leçons de la deuxième classe. Enfin, celle qui est enveloppée dans un châle, c'est Mme Pierrot ; elle vient de Lille, en France, et enseigne le français.

– Es-tu heureuse ici ?

– Tu me poses trop de questions. Je t'ai donné assez de réponses pour aujourd'hui. Maintenant, j'ai envie de lire un peu.

Mais, à cet instant, la cloche ayant sonné pour annoncer le déjeuner, tout le monde rentra. L'odeur qui remplissait le réfectoire était à peine plus appétissante que celle qui avait régalé nos narines au petit déjeuner. Le déjeuner se composait de pommes de terre sans goût et d'étranges lambeaux d'une viande avariée. Je mangeai ce que je pus, tout en me demandant si je ferais tous les jours aussi maigre chère.

Après le déjeuner, nous passâmes dans la salle de classe : les leçons recommencèrent et se prolongèrent jusqu'à cinq heures.

Lorsque cinq heures furent sonnées, on nous servit un nouveau repas, consistant en une petite tasse de café et en une demi-tranche de pain noir. Je bus mon café avec délectation et dévorai mon pain, mais j'avais encore faim. Vint ensuite une demi-heure de récréation, puis de nouveau l'étude et, enfin, le verre d'eau, le morceau de galette d'avoine, les prières, et le coucher. Ainsi se passa mon premier jour à Lowood.

CHAPITRE VI

Le jour suivant commença comme le premier ; on se leva et on s'habilla à la lueur des chandelles, mais ce matin-là nous dûmes nous dispenser de la cérémonie de la toilette ; l'eau était gelée dans les pots.

Avant que la longue heure et demie consacrée aux prières et à la lecture de la Bible fût écoulée, je me sentis presque morte de froid.

Ce jour-là, je fus enrôlée dans la quatrième classe, et on me donna des devoirs à faire : jusqu'alors je n'avais été que spectatrice à Lowood ; j'allais devenir actrice. Comme j'étais peu habituée à apprendre par cœur, les leçons me semblèrent d'abord longues et difficiles ; le passage continuel d'un exercice à l'autre m'embrouillait : aussi ce fut une joie pour moi lorsque, vers trois heures de l'après-midi, Mlle Smith me remit, avec une bande de mousseline longue de deux mètres, un dé et une aiguille. Elle m'envoya dans un coin de la salle et m'ordonna d'ourler cette bande. Presque tout le monde cousait à cette heure, excepté quelques élèves qui lisaient, groupées autour de la chaise de Mlle Scatcherd. Parmi les lectrices, je vis la jeune fille rencontrée sous la véranda. Au commencement de la leçon, elle était sur les premiers rangs, mais, pour quelque erreur de prononciation, elle fut soudain renvoyée au dernier rang. Jusque dans cette place obscure, Mlle Scatcherd continua à la poursuivre de ses observations :

– Burns (tel était apparemment son nom, car à Lowood on appelait les filles par leur nom de famille, comme cela se pratique dans les écoles de garçons), Burns, vous plissez le menton de la manière la plus déplaisante ; cessez tout de suite… Burns, je vous ai dit de tenir la tête droite. Petite malpropre, vous n'avez pas nettoyé vos ongles ce matin !

Burns ne répondit rien. « Pourquoi, pensai-je, n'explique-t-elle pas qu'elle n'a pu laver ni ses ongles ni sa figure, parce que l'eau était gelée ? »

À ce moment, mon attention fut détournée par Mlle Smith, qui me demanda de lui tenir un écheveau de fil. Je ne pus donc continuer à observer les mouvements de Mlle Scatcherd. Quand je retournai à ma place, elle donnait un ordre dont je ne saisis pas l'importance ; mais Burns quitta immédiatement la classe, se dirigea vers un petit cagibi où l'on rangeait les livres et revint au bout d'une minute, tenant à la main un paquet de baguettes liées ensemble. Elle présenta avec respect ce fatal instrument à Mlle Scatcherd, puis détacha son tablier tranquillement et sans en avoir reçu l'ordre, et la maîtresse lui infligea immédiatement une douzaine de coups sur la nuque. Pas une larme ne s'échappa des yeux de Burns.

– Petite endurcie ! s'écria Mlle Scatcherd. Rien ne peut donc vous corriger de vos habitudes de souillon : reportez ce fouet.

Burns obéit. Je la regardai furtivement quand elle ressortit du cagibi : elle remettait son mouchoir dans sa poche, et la trace d'une larme brillait sur sa joue amaigrie.

La récréation du soir était l'heure la plus agréable de la journée. La pâle lueur du foyer, le tumulte permis, le bruit confus des voix, tout éveillait en nous une douce sensation de liberté.

Le soir du jour où j'avais vu Mlle Scatcherd battre l'élève Burns, je me promenais seule au milieu des tables et des groupes joyeux.

J'arrivai à la cheminée et m'agenouillai devant le garde-feu. Là, je trouvai Burns absorbée et silencieuse. Étrangère à ce qui se passait autour d'elle, elle reportait son attention sur un livre qu'elle lisait à la faible lueur des braises.

Je m'assis près d'elle sur le plancher.

– Quel est ton autre nom, à part Burns ?

– Helen.

– Tu dois avoir envie de quitter Lowood ? Mlle Scatcherd est si cruelle avec toi !

– Cruelle ? Pas du tout ! Elle est sévère ; elle déteste mes défauts.

– Si j'étais à ta place, je la détesterais elle-même ; je lui résisterais. Si elle me frappait avec ce fouet, je le lui arracherais des mains, je le briserais sous son nez.

– Il est probable que non ; mais, si tu le faisais, M. Brockelhurst te renverrait de l'école, et ce serait un grand chagrin pour ta famille. Mieux vaut supporter patiemment une douleur dont on souffre seul, plutôt que de commettre un acte irréfléchi, dont les conséquences pèseraient sur toute notre famille. D'ailleurs, la Bible nous enseigne de rendre le bien pour le mal. Lis ce que dit le Christ. Il dit : « Aime tes ennemis ; bénis ceux qui te maudissent, et fais du bien à ceux qui te haïssent et te traitent avec mépris. »

– Alors il me faudrait aimer Mme Reed, ce qui est impossible, et les bénir, elle et son fils John.

À son tour, Helen Burns me demanda de m'expliquer et je commençai à ma manière le récit de mes souffrances et de mes ressentiments. Quand j'étais excitée, je devenais sauvage et amère ; je parlais comme je sentais, sans réserve ni adoucissement.

Helen m'écouta patiemment jusqu'à la fin ; je m'attendais à quelque remarque, mais elle resta muette.

– Eh bien, m'écriai-je avec impatience, Mme Reed n'est-elle pas une femme dure et sans cœur ?

– Sans doute, elle a manqué de bonté envers toi ; elle n'aime pas ton caractère, de même que Mlle Scatcherd n'aime pas le mien. Mais quelle profonde impression son injustice semble avoir faite sur ton cœur ! Aucun mauvais traitement n'a laissé en moi une trace aussi profonde. La vie me semble trop courte pour la passer à nourrir la haine. Le temps viendra bientôt, je le crois, où nous nous dépouillerons de nos enveloppes corruptibles ; alors il ne restera plus que l'étincelle de l'esprit, le principe impalpable de la vie et de la pensée, aussi pur que lorsqu'il sortit des mains du Créateur pour animer la créature.

Je vis au regard d'Helen qu'elle ne désirait plus me parler, mais s'entretenir avec ses propres pensées. Cependant, on ne lui laissa guère le temps de la méditation : une monitrice surgit et s'écria :

– Helen Burns, si tu ne mets pas ton tiroir en ordre, je vais dire à Mlle Scatcherd de venir l'examiner !

Helen soupira en voyant s'envoler sa rêverie et, se levant, obéit à la monitrice sans réponse et sans délai.

CHAPITRE VII

Je n'ai pas encore parlé des visites de M. Brockelhurst : il fut absent une grande partie du mois qui suivit mon arrivée. Cette absence était un soulagement pour moi. Inutile de dire que j'avais mes raisons de craindre son retour. Il revint pourtant.

Un après-midi (il y avait trois semaines que j'étais à Lowood), comme j'étais assise, une ardoise à la main et très en peine d'achever une longue division, mes yeux se levèrent distraitement vers la fenêtre et aperçurent une silhouette qui passait. Je la reconnus presque instinctivement, et lorsque, deux minutes après, toute l'école, maîtresses comprises, se leva d'un coup, je n'eus pas besoin de regarder pour savoir qui l'on saluait ainsi. Un long pas retentit dans la classe, et la noire colonne qui avait froncé sur moi un sourcil menaçant à Gateshead apparut à côté de Mlle Temple.

J'avais mes raisons pour craindre cette apparition ; je ne me rappelais que trop bien la promesse faite par M. Brockelhurst d'instruire Mlle Temple et les autres maîtresses de ma nature corrompue.

Il était là, à côté de Mlle Temple, il lui parlait tout bas à l'oreille. Convaincue qu'il lui révélait mon infamie, j'examinais avec une douloureuse anxiété les yeux de la directrice, m'attendant sans cesse à voir leurs noires orbites me lancer un regard d'aversion et de mépris. J'étais assez près d'eux pour entendre presque tout ce qu'il lui disait. Le sujet de la conversation me délivra momentanément de mes craintes.

– En réglant les comptes avec la femme de charge, j'ai vu qu'un déjeuner de pain et de fromage avait été servi deux fois pendant la dernière quinzaine. Qui a introduit cette innovation ?

– Je suis responsable de ceci, monsieur, répondit Mlle Temple. Le petit déjeuner avait été si mal préparé que les élèves n'ont pu le manger, et je n'ai pas voulu les laisser à jeun jusqu'à l'heure du dîner.

– Madame, vous savez qu'en élevant ces jeunes filles, mon but n'est pas de les habituer au luxe, mais de les rendre patientes et dures à la souffrance. Là, un maître judicieux trouverait l'occasion de rappeler les souffrances des premiers chrétiens, les tourments des martyrs. Madame, quand vous mettez dans la bouche de ces enfants du pain et du fromage, vous nourrissez peut-être leurs viles enveloppes charnelles, mais vous affamez leurs âmes immortelles !

M. Brockelhurst se tut, comme suffoqué par l'émotion.

Jusque-là, tout en prêtant l'oreille à la conversation de M. Brockelhurst et de Mlle Temple, je n'avais pas négligé les précautions nécessaires à ma sûreté personnelle. Je pensais que tout irait bien si je pouvais éviter d'être aperçue. Dans ce but, je m'étais bien reculée sur mon banc et, feignant d'être très absorbée par mon problème, je tenais mon ardoise de manière à cacher ma figure. J'aurais échappé aux regards, si mon ardoise perfide ne m'eût glissé des mains et ne fût tombée à terre avec fracas. Tous les yeux se dirigèrent de mon côté. Je réunis mes forces en attendant le pire. Il vint.

– Faites venir l'enfant qui a brisé son ardoise ! Et avancez ce tabouret, dit M. Brockelhurst, en indiquant un siège très élevé d'où venait de descendre une monitrice.

On l'apporta.

– Placez-y l'enfant, continua-t-il.

J'y fus placée, par qui ? je l'ignore. Je m'aperçus seulement qu'on m'avait hissée à la hauteur du nez de M. Brockelhurst.

– Mes chères enfants, continua le pasteur de marbre noir, il est de mon devoir de vous avertir : cette fillette, qui aurait pu être un des agneaux de Dieu, est une petite réprouvée. Soyez sur vos gardes, défiez-vous de son exemple ; évitez sa compagnie, éloignez-la de vos jeux, ne l'introduisez pas dans vos conversations. Et vous, maîtresses, ayez l'œil sur ses mouvements, pesez ses paroles, examinez ses actes, châtiez son corps afin de sauver son âme, si toutefois la chose est possible, car cette enfant est… une menteuse ! Je le tiens de sa bienfaitrice, la pieuse et charitable dame qui a adopté cette orpheline et l'a élevée comme sa fille ; et cette malheureuse enfant a payé sa bonté et sa générosité par une ingratitude si grande, que l'excellente Mme Reed a été forcée de la séparer de ses propres enfants, dans la crainte de voir son vicieux exemple entacher leur pureté.

Après cette sublime conclusion, M. Brockelhurst salua Mlle Temple et quitta cérémonieusement la salle d'étude. Arrivé à la porte, mon juge se retourna et dit :

– Laissez-la une demi-heure sur ce tabouret, et que personne ne lui parle de toute la journée.

J'étais exposée à tous les regards sur ce piédestal d'infamie.

CHAPITRE VIII

Avant la fin de cette demi-heure, cinq heures sonnèrent ; la classe fut congédiée, et tout le monde se rendit au réfectoire pour le thé. Je me risquai alors à descendre ; il faisait très sombre ; je me glissai dans un coin et m'assis sur le sol. Le charme qui m'avait soutenue jusqu'alors commença à se dissiper. Je me mis à pleurer. En arrivant à Lowood, j'étais décidée à être si bonne, à faire tant d'efforts, à me concilier tant d'amis, à obtenir le respect et à mériter l'affection. Désormais, j'étais à nouveau jetée à terre, foulée aux pieds ; pourrais-je jamais m'en relever ?

« Non, jamais », me dis-je, et je me mis à désirer sincèrement la mort. Comme je murmurais ce vœu au milieu de mes sanglots, quelqu'un s'approcha ; je tressaillis : Helen Burns se tenait près de moi.

– Helen, dis-je, pourquoi restes-tu avec une fille que tout le monde prend pour une menteuse ?

– Tout le monde, Jane ? Quatre-vingts personnes seulement t'ont entendu appeler ainsi, et le monde en contient des centaines de millions.

– Que m'importent ces millions ? Les quatre-vingts que je connais me méprisent.

– Jane, tu te trompes : il est probable que pas une des élèves ne te méprise ni ne te déteste, et beaucoup te plaignent, j'en suis sûre. M. Brockelhurst n'est pas un dieu ; on ne l'aime guère ici. Après ce qui s'est passé, presque toutes te témoigneraient de la sympathie, si elles l'osaient. Et d'ailleurs, Jane, si le monde entier te haïssait et te croyait mauvaise, mais que ta conscience t'approuve, tu ne serais pas sans amie.

Quand elle eut fini de parler, une petite toux sèche sortit de sa poitrine. J'oubliai alors un moment mes chagrins et me laissai aller à une vague inquiétude à son sujet.

Une autre personne entra dans la salle. C'était Mlle Temple.

– Je venais vous chercher, Jane Eyre, dit-elle ; j'ai à vous parler dans ma chambre, et, puisque Helen est avec vous, elle peut venir aussi.

Nous nous levâmes pour suivre la directrice ; il nous fallut parcourir un enchevêtrement de couloirs et monter un escalier avant d'arriver à son appartement. Il me parut gai ; il était éclairé par un bon feu. Mlle Temple dit à Helen de s'asseoir dans un fauteuil bas d'un côté de la cheminée, et en ayant pris un autre elle-même, elle m'engagea à me placer à ses côtés.

– Êtes-vous consolée ? me demanda-t-elle en baissant les yeux vers moi.

– Je crains de ne jamais pouvoir me consoler. J'ai été accusée injustement, et tout le monde, et vous-même, madame, vous me croyez mauvaise maintenant.

– Nous croirons ce que nous verrons, mon enfant. Continuez à être bonne, et vous nous contenterez. Maintenant, dites-moi quelle est cette dame que M. Brockelhurst appelle votre bienfaitrice.

Après avoir réfléchi quelques minutes pour mettre de l'ordre dans ce que j'avais à dire, je me mis à raconter toute l'histoire de ma triste enfance. J'étais épuisée par l'émotion, aussi mes paroles furent-elles plus douces qu'elles ne l'étaient d'ordinaire lorsque j'abordais ce sujet douloureux. Raconté avec retenue et simplicité, mon récit était plus crédible et, à mesure que je parlais, je sentais que Mlle Temple me croyait pleinement.

Dans le courant de mon histoire, j'avais mentionné M. Lloyd, car je n'avais pas oublié le terrifiant épisode de la chambre rouge.

Mlle Temple me regarda en silence pendant quelques minutes, puis me dit :

– Je connais un peu M. Lloyd, je lui écrirai ; si sa réponse s'accorde avec ce que vous avez dit, vous serez publiquement lavée de toute accusation ; mais, pour moi, Jane, vous l'êtes déjà.

Se tournant alors vers Helen, elle lui demanda :

– Comment êtes-vous ce soir, Helen ? Avez-vous beaucoup toussé aujourd'hui ?

– Pas tellement, je crois, madame.

Mlle Temple se leva, prit la main d'Helen et tâta son pouls ; puis elle retourna à sa place, et je l'entendis soupirer. Elle demeura pensive pendant quelques minutes, mais se ressaisit et nous dit gaiement :

– Ce soir, vous êtes mes invitées, et je veux vous traiter comme telles.

Sur ces mots, elle sonna.

– Barbara, dit-elle à la domestique qui entra, je

n'ai pas encore eu mon thé; apportez le plateau et des tasses pour ces deux jeunes personnes.

Le plateau fut bientôt apporté. Combien me semblèrent délicieux le parfum du thé et l'odeur des tartines, dont, à mon grand désappointement, je n'aperçus qu'une très petite quantité.

– Heureusement que, pour cette fois, j'ai de quoi suppléer à ce qui manque, dit Mlle Temple.

Elle se leva, ouvrit un tiroir et en tira un paquet enveloppé de papier: un gâteau à l'anis de bonne taille s'offrit à nos regards. Et sa main généreuse nous en coupa de grosses tranches.

Ce soir-là, il nous sembla que nous étions nourries de nectar et d'ambroisie. La cloche annonça l'heure du coucher. Mlle Temple nous embrassa et, nous pressant sur son cœur, nous dit:

– Dieu vous bénisse, mes enfants!

Une semaine environ après ce que je viens de raconter, Mlle Temple, qui avait écrit à M. Lloyd, recevait sa réponse: son récit corroborait le mien. Mlle Temple, ayant rassemblé toute l'école, révéla qu'elle avait pris des informations sur les fautes dont Jane Eyre avait été accusée et qu'elle était heureuse de la déclarer lavée de tout reproche. Les maîtresses me donnèrent des poignées de main et m'embrassèrent, et un murmure de plaisir se fit entendre parmi mes compagnes.

Délivrée d'un poids accablant, je me mis à

travailler avec entrain, et mes succès furent proportionnés à mes efforts ; ma mémoire s'améliora par la pratique, l'exercice aiguisa mon esprit et, au bout de quelques semaines, je fus placée dans une classe supérieure. Je n'étais pas à Lowood depuis deux mois, lorsqu'on me permit de commencer le français et le dessin.

Désormais, je n'aurais pas échangé Lowood et toutes ses privations pour Gateshead et son luxe.

CHAPITRE IX

Le mois d'avril touchait à sa fin, et mai approchait, brillant et serein. La nature rendait la vie et la majesté aux chênes, aux frênes et aux ormes ; des plantes des bois venaient envahir chaque recoin ; les fossés se remplirent de mousses variées, et une pluie de primevères égayait le sol.

Sans doute le site était beau, quant à savoir s'il était sain, c'est là une autre question.

La vallée boisée où était situé Lowood était le berceau de ces brouillards qui engendrent les épidémies ; avec le printemps, les brumes s'introduisirent dans l'orphelinat, et leur haleine répandit le typhus dans son dortoir et sa salle d'étude surpeuplés. Aussi, avant le début du mois de mai, l'école fut-elle transformée en hôpital.

Les carences alimentaires et des refroidissements négligés avaient disposé la plupart des élèves à subir la contagion : quarante-cinq sur quatre-vingts furent frappées en même temps. On interrompit les classes, le règlement s'assouplit. Les rares élèves qui continuaient à bien se porter obtinrent une entière liberté, le médecin insistant sur la nécessité d'un exercice fréquent pour préserver leur santé ; d'ailleurs, personne n'avait le temps de les surveiller. Mlle Temple était entièrement absorbée par les malades : elle passait ses journées à l'infirmerie. Les maîtresses consacraient leur temps aux préparatifs de départ des filles qui avaient la chance d'avoir de la famille ou des amis disposés à les faire quitter ce centre de contagion. Plusieurs, déjà atteintes, n'étaient rentrées chez elles que pour mourir ; d'autres rendirent le dernier soupir à Lowood et furent enterrées rapidement et discrètement, la nature de l'épidémie rendant tout délai dangereux.

Helen était malade : depuis quelques semaines, elle avait disparu hors de ma vue, et je ne savais pas dans quelle chambre elle avait été transportée. Elle n'était pas, me dit-on, à l'infirmerie, avec les victimes de l'épidémie, car elle n'était pas malade du typhus, mais d'une maladie de poitrine ; dans mon ignorance, je regardais cette maladie comme un mal bénin que le temps et les soins devaient sûrement guérir.

Un soir, au début juin, je vis un cheval que je

reconnus pour être celui du médecin à la porte du jardin.

J'entendis s'ouvrir la grande porte; M. Bates sortit avec une infirmière. Lorsqu'elle l'eut vu monter à cheval et partir, elle se prépara à refermer la porte, mais je courus vers elle.

– Comment va Helen Burns? demandai-je.

– Très mal.

Mon premier sentiment fut l'effroi, puis j'éprouvai du chagrin et enfin le désir, le besoin, de la voir; je demandai dans quelle chambre elle se trouvait.

– Elle est dans la chambre de Mlle Temple, me dit l'infirmière.

Elle referma la grande porte, et je rentrai par une porte latérale.

Je me mis à chercher la chambre de Mlle Temple. Elle était à l'autre bout de la maison, je connaissais le chemin, et la lumière de la lune entrant çà et là par les fenêtres me le fit trouver sans peine.

Je poussai la porte et regardai dans la chambre. Mes yeux cherchaient Helen et craignaient de rencontrer la mort.

Près de la couche de Mlle Temple et à moitié recouvert par ses rideaux blancs se trouvait un petit lit. Je vis la forme d'un corps se dessiner sous les couvertures, mais le visage restait caché par les tentures. Mlle Temple n'était pas là: j'appris plus tard qu'elle avait été appelée au chevet d'une jeune fille en proie au délire. Je fis quelques pas et m'arrêtai près du lit : ma main était posée sur le rideau, mais je préférais parler avant de le tirer. Je reculais encore à l'idée de voir un cadavre.

– Helen ! murmurai-je doucement. Tu es réveillée ?

Elle bougea, écarta le rideau, et je vis sa figure pâle, amaigrie, mais parfaitement calme : elle me parut si peu changée que mes craintes cessèrent immédiatement.

Je l'embrassai : son front, sa joue, sa main, tout son corps enfin était froid et maigre ; mais elle souriait comme avant.

– Tu es venue me dire adieu : tu arrives juste à temps.

– Non, non, Helen !

Pendant que je cherchais à ravaler mes larmes, elle fut prise d'une quinte de toux. Quand la toux prit fin, elle resta quelques minutes épuisée, puis murmura :

– Jane, tes petits pieds sont nus ; viens te coucher sous mon édredon.

Je le fis : elle passa son bras autour de moi, et je me blottis contre elle. Après un long silence, elle me dit, toujours tout bas :

– Je suis très heureuse, Jane ; quand on te dira que je suis morte, il ne faudra pas t'affliger : il n'y a là rien de triste. Nous devons tous mourir un jour, et la maladie qui m'enlève n'est pas douloureuse; elle est douce et lente: mon esprit est en paix.

– Mais où vas-tu, Helen? Peux-tu le voir? Le sais-tu?

– J'ai la foi: je vais vers Dieu. Je crois que Dieu est bon; je puis en toute confiance m'abandonner à Lui pour ma part d'immortalité. Dieu est mon père, Dieu est mon ami; je L'aime et je crois qu'Il m'aime.

– Helen, te reverrai-je après ma mort?

– Tu viendras vers cette même région de bonheur; n'en doute pas, chère Jane!

Je me demandai, mais en pensée seulement: «Où est cette région? Existe-t-elle?» Et je serrais Helen plus fort entre mes bras; elle m'était plus chère que jamais; il me semblait que je ne pouvais pas la laisser partir. Alors elle me dit avec l'accent le plus doux:

– Comme je me sens bien! mais je crois que j'ai envie de dormir. Ne me quitte pas, Jane; j'aime t'avoir près de moi.

– Je resterai avec toi, Helen chérie: personne ne pourra m'arracher d'ici.

Elle m'embrassa, je l'embrassai, et toutes deux nous nous endormîmes.

Quand je me réveillai, il faisait jour. Je fus tirée de mon sommeil par un mouvement inaccoutumé; je regardai autour de moi: j'étais dans les bras de quelqu'un, l'infirmière me portait dans le couloir conduisant au dortoir. J'appris que Mlle Temple, rentrant dans sa chambre, m'avait trouvée couchée dans le petit lit, le visage appuyé contre l'épaule d'Helen Burns, le bras passé autour de son cou. Je dormais, et Helen était... morte.

CHAPITRE X

Jusqu'ici, j'ai raconté en détail les événements de mon insignifiante existence : aux dix premières années de ma vie, j'ai consacré presque autant de chapitres. Mais je n'ai pas l'intention de faire une véritable biographie. Je ne suis tenue d'interroger ma mémoire que sur les points où ses réponses peuvent être intéressantes ; je passerai donc sous silence huit années : quelques lignes seulement seront nécessaires pour faire le lien avec les événements qui vont suivre.

Quand le typhus eut achevé sa mission dévastatrice, il quitta peu à peu Lowood, mais non sans que sa virulence et le nombre de ses victimes aient attiré l'attention publique sur l'école. Une enquête fut diligentée afin de connaître l'origine du fléau, révélant divers faits qui suscitèrent au plus haut point l'indignation publique. L'insalubrité du site, la quantité et la qualité de la nourriture donnée aux enfants, l'eau saumâtre et fétide employée pour la préparation des aliments, l'habillement et le logement pitoyables des élèves – tout fut dévoilé. Et cette découverte fut mortifiante pour M. Brockelhurst, mais profitable à l'institution.

Plusieurs personnes riches et bienfaisantes du comté réunirent une somme qui permit de rebâtir Lowood d'une manière plus convenable et mieux située ; de nouveaux règlements remplacèrent les anciens ; la nourriture et l'habillement furent améliorés ; et les fonds de l'école furent confiés à un comité. M. Brockelhurst, qui ne pouvait être chassé à cause de sa richesse et de ses relations familiales, resta trésorier, mais on lui associa des hommes à l'esprit plus large et compatissant. Ainsi améliorée, l'école devint avec le temps une institution vraiment noble et utile. Après cette régénération, j'habitai encore pendant huit ans les murs de Lowood : six à titre d'élève, et deux à titre de maîtresse.

Pendant ces huit années ma vie fut uniforme ; mais, comme elle n'était pas inactive, elle ne fut pas malheureuse. J'arrivai à devenir l'élève la plus forte de la première classe ; ce fut alors que je passai maîtresse, tâche dont je m'acquittai avec zèle pendant deux ans, mais, au bout de cette période, mes idées prirent un autre cours.

Au milieu de tous ces changements,

Mlle Temple était demeurée directrice de la pension : c'était à elle que je devais la plupart de mes connaissances ; j'avais toujours mis ma joie dans sa présence et dans son affection. Elle m'avait tenu lieu de mère, d'institutrice, et, dans les derniers temps, de compagne. Mais, alors, elle se maria avec un pasteur (excellent homme et presque digne d'une telle femme), partit pour un lointain pays et fut ainsi perdue pour moi.

Du jour où elle disparut, je ne fus plus la même. Elle m'avait transmis un peu de sa nature, beaucoup de ses habitudes, et des pensées plus harmonieuses. Maintenant que j'étais livrée à moi-même, je commençais à ressentir l'aiguillon des mes émotions anciennes.

Un siècle semblait s'être écoulé depuis le jour où j'étais arrivée à Lowood, que je n'avais jamais quitté depuis. Mme Reed ne m'avait jamais fait venir à Gateshead ; ni elle ni aucun membre de sa famille n'étaient venus me rendre visite. Je n'avais jamais eu de communications avec le monde extérieur : les règles scolaires, les tâches scolaires, les idées scolaires, les voix, les figures, les expressions, les costumes, les préférences et les antipathies scolaires, voilà tout ce que je savais de l'existence. Et je sentais maintenant que ce n'était pas assez. Je désirais la liberté ; je soupirais vers elle et lui adressai une prière ; mais elle me sembla s'éparpiller dans une brise fugace. Je renonçai donc à cette espérance et fis une plus humble demande : j'implorai un changement ; cette supplique parut, elle aussi, se perdre dans l'espace.

– Qu'on m'accorde au moins une nouvelle servitude ! m'écriai-je alors.

« Une nouvelle servitude ! soliloquais-je mentalement. Voilà ce qu'il me faut, je le sais parce que ces mots ne résonnent pas trop doucement à mon oreille, pas comme les mots Liberté, Plaisir, sons délicieux, mais pour moi si creux et fugitifs que les écouter est une perte de temps. Mais la Servitude ! Voilà une réalité. Tout le monde peut servir : je l'ai fait huit années ici ; tout ce que je désire à présent, c'est servir ailleurs. Une nouvelle place, une nouvelle maison, des visages, des événements nouveaux. Je ne veux que cela, parce qu'il serait inutile de rien vouloir de mieux. Mais comment faire pour obtenir une nouvelle place ? Mettre une annonce dans le *Journal du comté.* »

Voici comment elle était conçue :

« *Une jeune personne habituée à l'enseignement* (n'étais-je pas maîtresse depuis deux ans ?) *désire se placer dans une famille où les enfants auraient moins de quatorze ans* (je pensais que, ayant à peine dix-huit ans, je ne pouvais prendre la direction d'élèves plus proches de mon âge). *Elle peut enseigner les matières habituelles d'une bonne éducation anglaise, ainsi que le français, le dessin et la musique* (à cette époque, lecteur, ce catalogue restreint était regardé comme assez étendu). *S'adresser à J. E., poste restante, Lowton, comté de ***.*»

La réponse que je reçus fut courte et ainsi libellée :

« *Si J. E. possède les compétences indiquées, si elle est en mesure de fournir des renseignements satisfaisants sur son caractère et ses capacités, une place lui est offerte. Il n'y a qu'une élève, une fillette âgée de moins de dix ans. Les appointements sont de trente livres par an. J. E. devra envoyer ses références, son nom, son adresse, et tous les renseignements utiles à Mme Fairfax, Thornfield près de Millcote, comté de ***.*»

Je m'occupai de faire mes préparatifs. Je n'avais pas une grande garde-robe, bien qu'elle fût proportionnée à mes besoins, et un jour me suffit pour faire ma malle – la même malle que j'avais apportée de Gateshead huit ans auparavant.

CHAPITRE XI

Un nouveau chapitre dans un roman est comme un nouvel acte dans une pièce. Au moment où le rideau se lève, figurez-vous, lecteur, que vous avez devant les yeux une salle de l'*Auberge du roi*

George, à Millcote. Mon manchon et mon parapluie sont posés sur la table à côté de moi, et je tâche de me délivrer du froid et de l'humidité dont je me sens saisie après seize heures de voyage par une glaciale journée d'octobre.

Lecteur, quoique j'aie l'air fort bien installée, je n'ai pas l'esprit très tranquille. Je pensais que quelqu'un serait là pour m'attendre à l'arrivée de la diligence. J'espérais entendre prononcer mon nom et voir quelque véhicule chargé de me transporter à Thornfield. Mais je n'aperçus rien de semblable.

Lorsque, après une demi-heure, je ne vis arriver personne, je me décidai à sonner.

– Y a-t-il près d'ici un endroit appelé Thornfield ? demandai-je au garçon qui répondit à mon appel.

– Êtes-vous Mlle Eyre ? dit-il.

– Oui.

– Il y a quelqu'un qui vous attend.

Je me levai d'un bond, pris mon manchon et mon parapluie, et me hâtai de quitter la pièce. Je vis un homme devant la porte de l'auberge et, à la lueur d'un réverbère, pus distinguer dans la rue une voiture attelée à un cheval.

– C'est là votre bagage ? dit l'homme d'un ton un peu brusque en désignant ma malle.

– Oui.

Il la hissa dans l'espèce de charrette qui devait

nous conduire; je montai ensuite et, avant qu'il referme la portière, lui demandai à quelle distance nous étions de Thornfield.

– À six milles environ.

Il ferma la portière, grimpa sur son siège, et nous partîmes.

Les routes étaient boueuses, la nuit brumeuse; le cocher laissait son cheval aller au pas, de sorte que nous restâmes bien deux heures en route. Enfin il se tourna sur son siège et me dit:

– Vous n'êtes plus bien loin de Thornfield maintenant.

Dix minutes après, il descendit et ouvrit deux grandes portes qui se refermèrent derrière nous. Nous montâmes lentement une côte et arrivâmes devant la longue façade d'une maison: des chandelles brillaient derrière les rideaux d'une fenêtre en saillie; tout le reste était plongé dans l'obscurité. La voiture s'arrêta devant la porte, qui fut ouverte par une domestique; je descendis et entrai dans la maison.

– Par ici, madame, me dit la fille.

Et elle m'introduisit dans une pièce doublement illuminée par un feu et par des bougies.

C'était une petite pièce douillette. Près d'un feu joyeux se trouvait une table ronde; sur un fauteuil à dossier élevé était assise la plus mignonne petite vieille qu'on puisse imaginer, portant un bonnet de veuve, une robe de soie noire et un tablier de mousseline blanche : c'était bien ainsi que je m'étais figuré Mme Fairfax. Elle tricotait et avait un gros chat couché à ses pieds. En un mot, rien ne manquait pour compléter l'image du confort domestique. Au moment où j'entrai, la vieille dame se leva et vint avec empressement au-devant de moi.

– Comment vous sentez-vous, ma chère ? me dit-elle. J'ai peur que vous ne vous soyez bien ennuyée pendant le trajet ; John conduit si lentement. Mais vous devez avoir froid, approchez-vous du feu. Leah, ajouta-t-elle, faites un peu de vin chaud et préparez un ou deux sandwichs.

J'étais confuse de me voir l'objet des soins les plus attentifs que j'eusse jamais reçus, et ces soins m'étaient donnés par mon employeur et ma supérieure.

– Aurai-je le plaisir de voir Mlle Fairfax ce soir ? demandai-je.

– Mlle Fairfax ? Oh, vous voulez dire Mlle Varens ! Varens est le nom de votre future élève.

– En vérité ? Elle n'est donc point votre fille ?

– Non, je n'ai pas de famille.

J'allais lui demander comment elle se trouvait liée à Mlle Varens, mais je me rappelai qu'il était impoli de faire trop de questions ; en outre, j'étais sûre de l'apprendre tôt ou tard.

– Je ne veux pas vous retenir trop tard, dit-elle. Il est bientôt minuit, et vous avez voyagé tout le jour : vous devez être fatiguée. J'ai fait préparer pour vous la chambre à côté de la mienne.

Elle prit sa bougie, et je la suivis hors de la pièce. L'escalier et le corridor étaient froids comme une cave, on s'y sentait seul et abandonné ; de sorte qu'en entrant dans ma chambre, je fus bien aise de la trouver petite et meublée dans un style moderne et banal.

Cette nuit-là, ma chambre solitaire n'éveilla en moi aucune frayeur. Fatiguée et heureuse, je m'endormis promptement et profondément. Quand je me réveillai, il faisait grand jour.

Je descendis le glissant escalier de chêne et arrivai dans le vestibule, où je m'arrêtai quelques instants pour regarder les tableaux qui ornaient les murs. Tout me semblait majestueux et imposant, il faut dire que je n'étais guère accoutumée à la grandeur. La porte était ouverte ; j'en franchis le seuil. C'était une belle matinée d'automne. J'avançai de quelques pas sur la pelouse et contemplai la demeure. Elle comptait trois étages et ressemblait plutôt au manoir d'un gentilhomme qu'au château d'un noble. Ses créneaux lui donnaient un aspect pittoresque. Sa façade grise se détachait sur un fond d'arbres où nichaient de nombreuses corneilles, qui, pour le moment, s'ébattaient dans les airs : elles volèrent au-dessus de la pelouse et du parc pour se poser dans une vaste prairie où poussaient de vieux épineux noueux d'une taille gigantesque auxquels le manoir devait probablement son nom[1].

Je songeais que cette bâtisse était bien grande pour une seule petite dame comme Mme Fairfax, lorsque celle-ci parut à la porte.

– Thornfield vous plaît-il ? me demanda-t-elle.

Je lui répondis qu'il me plaisait infiniment.

– Oui, dit-elle, c'est un joli domaine, mais il perdra beaucoup si M. Rochester ne se décide pas à y résider en permanence : les beaux parcs et les grandes demeures exigent la présence du propriétaire.

– M. Rochester ! Qui est-ce ?

– Le propriétaire de Thornfield, me répondit-elle tranquillement. Ne saviez-vous pas qu'il s'appelait Rochester ?

Certes, non, je ne le savais pas – je n'avais jamais entendu parler de lui, mais la vieille dame semblait tenir l'existence de M. Rochester pour un fait universellement connu.

– Je pensais, continuai-je, que Thornfield vous appartenait.

– À moi ? Quelle idée ! Je ne suis que l'intendante. Il est vrai que je suis une lointaine parente

1. Thornfield signifie « champ d'épines ». (*N. d. T.*)

de M. Rochester, du moins mon mari l'était. Mais je me considère comme une simple intendante : mon employeur se montre toujours courtois, et je ne demande rien de plus.

– Et la petite, mon élève ?

– Elle est la pupille de M. Rochester. Il m'a chargée de lui trouver une gouvernante. La voilà qui vient avec la bonne d'enfant.

Ainsi l'énigme était éclaircie : cette petite veuve affable n'était pas une grande dame, mais une employée comme moi. Je ne l'en aimais pas moins ; au contraire, j'étais plus contente que jamais. L'égalité entre elle et moi était réelle, et non l'effet de sa condescendance.

Pendant que je réfléchissais à cette découverte, une petite fille traversa la pelouse en courant. Je regardai mon élève : c'était une enfant de sept ou huit ans, délicate, pâle, avec des traits menus et une chevelure abondante qui lui tombait en boucles jusqu'à la taille.

– Bonjour, mademoiselle Adèle, dit Mme Fairfax. Venez saluer la dame qui va être votre professeur et faire de vous une femme instruite un jour.

Elle approcha.

– *C'est là ma gouvernante ?* dit-elle en français à sa bonne.

Celle-ci lui répondit :

– *Mais oui, certainement.*

– Sont-elles étrangères? fis-je, étonnée de les entendre parler français.

– La bonne est étrangère, et Adèle est née sur le continent; elle ne l'avait jamais quitté, je crois, avant de venir ici, il y a six mois. Lorsqu'elle est arrivée, elle ne savait pas un mot d'anglais; maintenant, elle commence à le parler un peu.

Heureusement que j'avais eu une maîtresse française et que, au cours des sept dernières années, j'avais appris tous les jours un peu de français. J'avais acquis une certaine aisance dans cette langue et risquais peu d'être embarrassée avec Mlle Adèle. Celle-ci s'avança vers moi et me donna une poignée de main; en la conduisant pour prendre le petit déjeuner, je lui adressai quelques phrases dans sa langue. Elle répondit d'abord brièvement, mais lorsque nous fûmes à table et qu'elle eut fixé pendant une dizaine de minutes ses grands yeux noisette sur moi, elle commença à se montrer volubile.

– *Ah!* s'écria-t-elle en français, *vous parlez ma langue aussi bien que M. Rochester: je peux causer avec vous comme avec lui, et Sophie aussi. Elle va être bien contente. Sophie est ma bonne; elle a traversé la mer avec moi sur un grand bateau où il y avait une cheminée qui fumait, qui fumait! J'ai été malade, et Sophie et M. Rochester aussi.*

– Pouvez-vous la comprendre quand elle parle si vite? me demanda Mme Fairfax.

Je la comprenais parfaitement, ayant été habituée au parler rapide de Mme Pierrot.

Le petit déjeuner achevé, Adèle et moi nous retirâmes dans la bibliothèque qui, conformément aux ordres de M. Rochester, devait, paraît-il, servir de salle de classe.

Je trouvai mon élève assez docile, mais peu portée à s'appliquer : elle n'avait pas été accoutumée à des occupations régulières. Je jugeai peu judicieux de trop l'enfermer dès le commencement. Aussi, après lui avoir beaucoup parlé et lui avoir donné quelques lignes à apprendre, voyant qu'il était midi, je lui permis de rejoindre sa bonne. Quant à moi, je me proposai de dessiner pour elle quelques esquisses jusqu'à l'heure du dîner.

Comme je montais chercher mon carton à dessin et mes crayons, Mme Fairfax m'appela.

– Votre classe du matin est achevée, je suppose, me dit-elle.

La voix venait d'une pièce dont les portes étaient ouvertes : j'entrai en l'entendant s'adresser à moi. C'était une vaste salle imposante, garnie de sièges et de rideaux rouges, d'un tapis turc et de boiseries en noyer sur les murs. Mme Fairfax était en train d'épousseter de beaux vases en spath rouge posés sur un buffet.

– Quelle belle pièce ! m'écriai-je en regardant autour de moi.

– C'est la salle à manger. Je viens d'ouvrir la fenêtre pour faire entrer un peu d'air et de soleil, car tout devient si humide dans les pièces rarement habitées ; le salon là-bas a l'odeur du caveau.

Elle me montra du doigt une grande arche qui faisait pendant à la fenêtre. Je gravis les deux larges marches qui se trouvaient sous l'arche, regardai et vis une pièce qui, à mes yeux novices, avait quelque chose de féerique. Ce n'était pourtant qu'un très joli salon, avec un boudoir à l'intérieur ; l'un et l'autre étaient garnis de tapis blancs sur lesquels on semblait avoir semé de brillantes guirlandes de fleurs. D'étincelants vases de Bohême, rouge rubis, rehaussaient le marbre pâle de la cheminée. Entre les fenêtres, de vastes miroirs reflétaient cette alliance de neige et de feu.

– Comme vous tenez ces pièces en ordre, madame Fairfax ! m'exclamai-je. Pas de housses, et pourtant pas de poussière : sans ce froid glacial, on les croirait habitées.

– Dame, mademoiselle Eyre, quoique les visites de M. Rochester soient rares, elles sont toujours imprévues ; quand il arrive, il n'aime pas trouver tous les meubles couverts, alors je tâche de tenir toujours les pièces prêtes.

– M. Rochester est-il un homme exigeant et pointilleux ?

– Pas particulièrement, mais il a les goûts et les

habitudes d'un gentleman, et il veut que tout soit arrangé en conséquence.

– L'aimez-vous ? L'aime-t-on, en général ?

– Je n'ai aucune raison de ne pas l'aimer, et je crois que ses fermiers le considèrent comme un propriétaire juste et libéral. M. Rochester est un très bon maître.

Voilà tout ce que je tirai de Mme Fairfax au sujet de son employeur et du mien.

Lorsque nous quittâmes la salle à manger, elle me proposa de me montrer le reste de la maison. Je la suivis, admirant l'élégance et le soin qui régnaient partout. Les chambres du devant surtout me parurent grandes et belles ; certaines pièces du troisième étage, bien que sombres et basses, étaient intéressantes par leur aspect antique. À mesure que les meubles des premiers étages n'avaient plus été de mode, on les avait relégués en haut, et la lumière imparfaite d'une petite fenêtre permettait de voir des lits séculaires, des coffres en chêne ou en noyer dont les étranges sculptures représentaient des branches de palmier ou des têtes de chérubins… Toutes ces reliques donnaient au troisième étage du manoir de Thornfield l'aspect d'une demeure du passé, d'un sanctuaire dévolu au souvenir.

– Les domestiques dorment-ils dans ces chambres ? demandai-je.

– Non, ils occupent des pièces plus petites sur

l'arrière de la maison ; personne ne dort ici, répondit Mme Fairfax. Maintenant, voulez-vous voir la vue qu'on a d'en haut ?

Un escalier très étroit conduisait aux mansardes et, de là, une échelle et une trappe menaient sur le toit. Penchée sur les créneaux, j'embrassai du regard le velours brillant de la pelouse entourant la base grise de la maison, le pré aussi vaste qu'un parc, l'église derrière la grille, la route, les tranquilles collines. Rien dans ce décor n'était extraordinaire, mais tout était plaisant. Lorsque je franchis à nouveau la trappe, j'y voyais à peine assez pour descendre l'échelle.

Mme Fairfax resta en arrière pour refermer la trappe. À tâtons, je finis par trouver la porte qui conduisait hors des mansardes et entrepris de descendre le petit escalier. J'errai quelque temps dans le long couloir qui séparait les chambres de devant de celles donnant sur l'arrière au troisième étage : étroit, bas et obscur, il n'avait qu'une seule petite fenêtre pour l'éclairer et, avec ses rangées de portes noires et closes, on eût dit un corridor du château de quelque Barbe-Bleue.

Tandis que j'avançais doucement, un éclat de rire vint frapper mes oreilles. C'était un rire étrange ; distinct, clair, et sans joie. Je m'arrêtai : le bruit cessa juste un instant, puis reprit, plus fort cette fois.

– Madame Fairfax ! criai-je en l'entendant

descendre l'escalier. Avez-vous entendu ce rire bruyant ? Qui est-ce ?

– Probablement l'une des domestiques, répondit-elle. Peut-être Grace Poole. Je l'entends souvent : elle fait de la couture dans l'une de ces chambres.

Le rire fut répété et se termina par un étrange murmure.

– Grace ! s'écria Mme Fairfax.

Je ne m'attendais à voir paraître aucune Grace, car ce rire était le plus tragique, le plus surnaturel que j'eusse jamais entendu. Heureusement qu'il était midi et qu'aucune des circonstances indispensables à l'apparition des revenants ne l'avait accompagné, sans quoi une terreur superstitieuse se serait emparée de moi.

Je vis s'ouvrir la porte la plus proche de moi, et une domestique sortit – une femme entre trente et quarante ans, trapue, rousse, la figure laide et dure.

– Trop de bruit, Grace, dit Mme Fairfax. Rappelez-vous les instructions !

Grace s'inclina silencieusement et rentra.

– C'est une personne que nous avons pour coudre et aider Leah dans les travaux du ménage, poursuivit la veuve. Elle n'est certes pas irréprochable, mais enfin elle fait bien son ouvrage. À propos, comment s'est passée la matinée avec votre nouvelle élève ?

La conversation ainsi tournée sur Adèle, nous continuâmes et atteignîmes bientôt les régions gaies et lumineuses du rez-de-chaussée.

CHAPITRE XII

La manière calme et douce dont j'avais été reçue à Thornfield semblait m'annoncer une carrière sans heurts, et cette espérance fut loin d'être déçue lorsque je connus mieux le manoir et ses habitants. Mme Fairfax était bien ce qu'elle m'avait paru tout d'abord, une femme placide, bonne, suffisamment instruite, et d'une intelligence moyenne. Mon élève était une enfant pleine de vivacité. Elle n'avait aucun talent particulier, aucun trait de caractère marqué, aucun développement particulier de la sensibilité ou du goût qui pût l'élever d'un pouce au-dessus des autres enfants ; mais elle n'avait aucun défaut qui pût la rendre inférieure à la plupart d'entre eux. Elle faisait des progrès raisonnables et avait pour moi une affection vive, sans qu'elle fût très profonde. Ses efforts pour me plaire, sa simplicité, son gai babil, m'inspirèrent un attachement suffisant pour nous contenter l'une et l'autre.

Ce langage sera sans doute trouvé bien froid par les personnes qui affichent de solennelles doctrines sur la nature angélique des enfants et sur la dévotion idolâtre que devraient toujours leur vouer ceux qui sont chargés de leur éducation. Mais je n'écris pas pour flatter l'égocentrisme des parents ou pour servir d'écho à l'hypocrisie ; je dis simplement la vérité. J'éprouvais une consciencieuse sollicitude pour les progrès et le bien-être d'Adèle, ainsi qu'une tranquille affection pour sa petite personne ; de même, j'aimais Mme Fairfax en raison de ses bontés et trouvais dans sa compagnie un plaisir proportionné à la nature de son esprit et de son caractère.

J'appréciais ce qu'il y avait de bon chez Mme Fairfax et chez Adèle, mais croyais en l'existence d'autres bontés plus intenses, et ce que je pressentais, j'aurais voulu le connaître.

Qui me blâmera ? Beaucoup de gens, sans doute ; et on me traitera d'éternelle mécontente. Mais c'était plus fort que moi : il me fallait du mouvement, c'était dans ma nature.

Il est vain de dire que les humains devraient se satisfaire de la tranquillité : il leur faut de l'action et, s'ils n'en trouvent pas, ils en créeront. Des millions d'individus sont condamnés à un destin plus immobile que le mien, et des millions d'individus sont dans une silencieuse révolte contre leur sort. On suppose les femmes généralement très calmes, mais les femmes sentent comme les hommes ; elles ont besoin d'exercer leurs facultés, et, comme à leurs frères, il leur faut un champ pour leurs efforts. De même que les hommes, elles souffrent d'une contrainte trop sévère, d'une stagnation trop absolue. C'est par étroitesse d'esprit que leurs frères plus privilégiés déclarent qu'elles doivent se borner à faire des puddings, tricoter des chaussettes, jouer du piano et broder des sacs.

Quand j'étais seule, il m'arrivait souvent d'entendre le rire de Grace Poole : le même rire lent et sourd qui, la première fois, m'avait fait tressaillir. J'entendais aussi ses murmures excentriques, plus étranges encore que son rire. Il y avait des jours où elle était silencieuse, et d'autres où elle faisait entendre des sons inexplicables. Quelquefois, je la voyais sortir de sa chambre, tenant à la main une assiette ou un plateau, descendre à la cuisine et revenir bientôt, en général avec une pinte de bière brune. Je tentai plusieurs fois d'engager la conversation, mais elle n'était pas causante : une réponse monosyllabique coupait généralement court à tout entretien.

Les autres domestiques, John et sa femme, Mary, Leah la femme de chambre, et Sophie la bonne d'enfant française, étaient des gens convenables, sans pourtant avoir rien de remarquable.

Octobre, novembre et décembre se passèrent ainsi. Un après-midi de janvier, Mme Fairfax me demanda un jour de congé pour Adèle, qui était enrhumée. C'était une belle journée, calme, bien que très froide ; j'étais fatiguée d'être restée assise dans la bibliothèque pendant une longue matinée : Mme Fairfax venait d'écrire une lettre, je mis mon chapeau et mon manteau, et proposai de la porter à la poste de Hay, distante de deux milles : ce serait une promenade agréable pour un après-midi d'hiver.

Trois heures sonnaient à l'église quand je passais au pied du clocher : le charme de ce moment de la journée résidait dans l'approche de la pénombre, dans les pâles rayons du soleil descendant lentement à l'horizon. J'étais à un mille de Thornfield, dans un sentier connu pour ses roses sauvages en été, ses noisettes et ses mûres en automne ; mais, en hiver, son véritable attrait tenait à sa complète solitude et à son calme dépouillé.

J'étais encore à un mille de Hay, et pourtant, dans ce silence complet, les bruits de la vie arrivaient jusqu'à moi ; j'entendais aussi murmurer des ruisseaux.

Mais un bruit violent vint bientôt mettre fin à ces murmures : un cheval arrivait ; les sinuosités du sentier me le cachaient encore, mais il approchait.

Il était tout près, mais encore invisible, lorsque, outre le bruit des sabots, j'entendis un bruissement sous la haie, et je vis se glisser le long des noisetiers un gros chien qui, grâce à son pelage noir et blanc, ne pouvait se confondre avec les arbres. Le cheval suivait, monté par un cavalier. Il passa, et je continuai ma route ; mais, au bout de quelques pas, je me retournai, mon attention ayant été attirée par le bruit d'une glissade et par cette exclamation : « Que diable faire maintenant ? » Monture et cavalier étaient tombés ; ils avaient glissé sur la couche de glace qui recouvrait la chaussée. Je trouvai le voyageur tentant de se dégager de sa monture. Ses efforts étaient si vigoureux, que je pensai qu'il ne devait pas s'être fait grand mal ; néanmoins, je lui posai la question :

– Êtes-vous blessé, monsieur ?

– Tenez-vous à l'écart, me répondit-il en se mettant d'abord à genoux, puis sur ses pieds.

Le cheval fut redressé et le chien apaisé par un : « Assis, Pilote ! »

Le voyageur voulut mettre son pied à l'épreuve, mais le résultat lui arracha un cri involontaire.

Un soupçon de clarté du jour s'attardait encore, et la lune devenait brillante : je pus donc le voir distinctement. Il était de taille moyenne et avait la poitrine très large, le teint sombre, les traits sévères, le front soucieux. Ses yeux et ses sourcils contractés exprimaient la colère et la contrariété pour le moment. Il pouvait avoir trente-cinq ans. Sa présence ne m'effraya nullement et m'intimida à peine. S'il avait été un beau jeune homme à l'air héroïque, je n'aurais pas osé le questionner.

Si même cet inconnu m'eût souri, j'aurais continué mon chemin sans être le moins du monde tentée de renouveler mes questions : mais la rudesse du voyageur me mit à mon aise et, lorsqu'il me fit signe de partir, je lui déclarai :

– Monsieur, je ne puis pas vous abandonner à cette heure, dans ce sentier solitaire, avant de vous avoir vu en état de monter sur votre cheval.

Il me regarda quand je dis ces mots ; jusqu'à cet instant, c'est à peine s'il avait tourné les yeux dans ma direction.

– Il me semble qu'à cette heure, vous-même devriez être chez vous, dit-il. D'où venez-vous ?

– Du bas de la côte. Je courrais avec plaisir jusqu'à Hay si vous le souhaitiez ; du reste, je vais y mettre une lettre à la poste.

– Vous habitez au bas de la côte… Vous voulez dire dans cette maison surmontée de créneaux ? me demanda-t-il en désignant le manoir de Thornfield, que la lune éclairait de ses pâles rayons.

– Oui, monsieur.

– Vous n'êtes certainement pas une domestique du manoir. Vous êtes…

– Je suis la gouvernante.

– Ah ! la gouvernante ! répéta-t-il. Le diable m'emporte si je n'avais oublié ! La gouvernante !

Je ne puis vous charger d'aller chercher du secours, me dit-il ; mais si vous voulez avoir la bonté de m'aider, vous le pouvez. Venez ici, je vous prie.

Je m'approchai.

– Excusez-moi, continua-t-il ; la nécessité me force à me servir de vous.

Il posa une lourde main sur mon épaule et, s'appuyant fortement, sauta sur sa selle.

– Maintenant, dépêchez-vous de porter votre lettre à Hay et rentrez le plus vite possible.

Il donna un coup d'éperon au cheval, qui se cabra, puis partit au galop ; le chien se précipita sur ses traces, et tous trois disparurent.

L'incident était clos ; ce n'était pas un roman, il n'avait même rien de bien intéressant, mais il avait changé une des heures de ma vie monotone. On avait eu besoin de moi, on m'avait demandé un secours que j'avais accordé. Et puis un nouveau visage était comme un nouveau portrait dans ma galerie ; il différait de tous les autres, d'abord parce que c'était celui d'un homme, ensuite parce qu'il était sombre, fort et sévère. Je l'avais devant les yeux lorsque j'entrai dans Hay et jetai ma lettre à la poste, et je le voyais encore en descendant d'un pas rapide la côte qui devait me ramener à Thornfield.

Je n'aimais pas rentrer à Thornfield. En franchir le seuil, c'était retourner à la stagnation.

L'horloge du vestibule sonna. J'ouvris une porte de côté et j'entrai.

Je me dirigeai promptement vers le petit salon de Mme Fairfax. Il y avait du feu, mais ni lumière ni dame Fairfax. À sa place, un gros chien noir et blanc, assis sur le tapis, regardait le feu avec gravité.

Je sonnai, car j'avais besoin d'une bougie et voulais aussi savoir quel était ce visiteur. Leah entra.

– Quel est ce chien ? demandai-je.

– Il est venu avec Monsieur, M. Rochester, qui vient d'arriver. John est parti chercher un médecin, car il est arrivé un accident à Monsieur. Son cheval a fait une chute, et M. Rochester a eu la cheville foulée.

CHAPITRE XIII

Sur le conseil du médecin, M. Rochester se coucha de bonne heure et se leva tard le lendemain. Il ne descendit que pour ses affaires ; son régisseur et quelques-uns de ses fermiers étaient arrivés et attendaient le moment de lui parler.

Adèle et moi dûmes quitter la bibliothèque, parce qu'elle devait servir à recevoir les visiteurs. On fit du feu dans une pièce à l'étage ; j'y portai nos livres et l'arrangeai en salle d'étude. À partir de ce jour, le manoir de Thornfield fut transformé : il ne fut plus silencieux comme une église ; toutes les heures on entendait frapper à la porte, tirer la sonnette ou traverser le vestibule.

Ce jour-là, il fut difficile de donner des leçons à Adèle. Elle sortait continuellement regarder par-dessus la rampe pour tenter d'apercevoir M. Rochester. Lorsque je me fâchais et la forçais à rester tranquille, elle ne cessait de me parler de son « *ami M. Édouard Fairfax de Rochester* », ainsi qu'elle l'appelait (c'était la première fois que j'entendais son prénom).

À la nuit, je permis à Adèle de laisser ses livres et de descendre, car, n'entendant plus sonner à la porte, je jugeai que M. Rochester devait être libre. Mme Fairfax, arrivant tout à coup, empêcha mon esprit de se laisser aller aux pensées importunes et accablantes qui s'emparaient déjà de lui dans ma solitude.

– M. Rochester serait heureux, dit-elle, que vous et votre élève veniez prendre le thé avec lui ce soir.

Peu habituée aux nouvelles têtes, c'était une épreuve pour moi que d'être ainsi convoquée en présence de M. Rochester. Je laissai Mme Fairfax me précéder dans la salle à manger et marchai dans son ombre, lorsque, franchissant l'arche, nous pénétrâmes dans l'élégant salon.

Deux chandelles brûlaient sur la table et deux

autres sur la cheminée. Pilote se chauffait à la flamme d'un feu superbe ; Adèle était agenouillée près de lui. Sur un lit de repos, le pied reposant sur un coussin, paraissait M. Rochester ; il regardait Adèle et le chien ; le feu lui arrivait en plein visage. Je reconnus mon voyageur.

M. Rochester devait s'être aperçu de mon entrée et de celle de Mme Fairfax, mais il ne semblait pas d'humeur à la remarquer, car notre approche ne lui fit même pas lever la tête.

– Voici Mlle Eyre, Monsieur, dit Mme Fairfax avec son calme coutumier.

Il s'inclina, mais sans quitter des yeux le chien et l'enfant.

– Que Mlle Eyre prenne un siège, dit-il.

Son salut raide et contraint, son ton impatient, bien que cérémonieux, semblaient ajouter : « Que diable cela me fait-il que Mlle Eyre soit ici ou ailleurs ? Pour le moment, je ne suis pas disposé à lui parler. »

Je m'assis sans embarras. Un accueil d'une exquise politesse m'aurait sans doute rendue confuse : je n'aurais pu y répondre avec grâce et élégance, tandis que cette brusquerie fantasque ne m'imposait aucune obligation.

– Il y a trois mois que vous résidez dans ma maison ? me demanda-t-il.

– Oui, Monsieur.

– Et vous venez de… ?

– De l'école de Lowood, dans le comté de ***.

– Ah ! un orphelinat. Combien de temps y êtes-vous restée ?

– Huit ans.

– Huit ans ! alors vous avez la vie dure. Je croyais que la moitié de ce temps serait venu à bout de la plus forte constitution ! Qui vous a recommandé de venir ici ?

– J'ai mis une annonce dans un journal, et Mme Fairfax m'a écrit.

– Oui, dit la bonne dame ; et chaque jour je remercie la Providence du choix qu'elle m'a fait faire. Mlle Eyre a été une compagne inappréciable pour moi, et une institutrice douce et attentive pour Adèle.

– Les éloges n'influent en rien sur mon opinion, répondit M. Rochester. Je jugerai par moi-même. Mademoiselle Eyre, avez-vous jamais vécu dans une ville ?

– Non, monsieur.

– Avez-vous vu beaucoup de monde ?

– Rien que les élèves et les maîtresses de Lowood, et maintenant les habitants de Thornfield.

– Vous avez mené la vie d'une nonne. À quel âge êtes-vous entrée à Lowood ?

– À dix ans.

– Et vous y êtes restée huit ans : alors vous avez dix-huit ans ?

Je répondis affirmativement.

– Adèle m'a montré quelques esquisses qu'elle dit être de vous. Un maître vous a sans doute aidée ?

– Non, en vérité ! m'écriai-je.

– Ah ! voilà qui pique votre orgueil. Eh bien, allez chercher votre carton à dessin, si vous pouvez me garantir que tout ce qu'il contient est de votre main ; mais ne jurez de rien sans être certaine, car je m'y connais.

– Alors, Monsieur, je me tairai, et vous jugerez vous-même.

J'apportai mon carton. Il examina méthodiquement chaque peinture et esquisse.

– Où avez-vous trouvé vos modèles ?

– Dans ma tête.

– Dans cette tête que je vois sur vos épaules ?

– Oui, Monsieur.

– Retirez ces dessins !

J'avais à peine noué les cordons du carton, que, regardant sa montre, il dit brusquement :

– Il est neuf heures ; à quoi pensez-vous, mademoiselle Eyre, pour laisser Adèle veiller si tard ? Allez la coucher.

Adèle embrassa son tuteur avant de quitter la pièce : il accepta ses caresses, mais ne sembla pas les goûter plus que n'aurait fait Pilote, moins peut-être.

– Maintenant, je vous souhaite bonne nuit,

dit-il en désignant la porte, ce qui signifiait qu'il était fatigué de notre compagnie et désirait nous voir prendre congé.

Mme Fairfax roula son tricot, je pris mon carton à dessin, nous lui fîmes une révérence à laquelle il répondit froidement, et nous nous retirâmes.

CHAPITRE XIV

Les jours suivants, je ne vis que peu M. Rochester. Quand son pied fut assez remis pour lui permettre de monter à cheval, il resta dehors une partie de la journée, probablement pour rendre les visites qu'on lui avait faites, car il ne rentrait que fort tard.

Pendant cette période, il demanda même rarement Adèle ; quant à moi, je ne le vis que lorsque je le rencontrais par hasard dans le vestibule ou dans le couloir. Parfois, il passait à côté de moi d'un air hautain, glacial, daignant à peine me gratifier d'un léger salut et me jeter un regard indifférent ; d'autres fois, il s'inclinait et me souriait avec affabilité. Ses changements d'humeur ne m'offensaient nullement, car je voyais que je n'y étais pour rien ; leurs flux et reflux provenaient de causes indépendantes de ma personne.

Un soir, il sonna : on vint m'avertir que je

devais descendre avec Adèle. En entrant dans la salle à manger, nous aperçûmes sur la table un petit carton. Adèle parut l'identifier d'instinct.

– *Ma boîte ! ma boîte !* s'écria-t-elle.

– Oui, voici ta *boîte* : emporte-la dans un coin, vraie fille de Paris, et amuse-toi à en vider les entrailles, dit la voix grave et plutôt sarcastique de M. Rochester. Mais que ton opération se fasse en silence.

Adèle se retira sur un sofa avec son trésor et entreprit de défaire la ficelle qui fermait le couvercle.

– Mademoiselle Eyre, avancez un peu votre siège : vous êtes trop en arrière, je ne puis vous voir sans me déranger, ce que je n'ai nullement l'intention de faire.

Je fis ce qu'il me disait, bien que j'eusse infiniment préféré rester un peu dans l'ombre, mais M. Rochester avait une manière si directe de donner un ordre, qu'il semblait impossible de ne pas lui obéir promptement.

Nous étions dans la salle à manger : le feu était rouge et brillant, les rideaux pourpres retombaient avec ampleur devant la grande fenêtre ; tout était tranquille, on n'entendait que le murmure d'Adèle (elle n'osait pas parler haut) et la pluie d'hiver qui frappait les vitres.

M. Rochester me sembla différent de ce que je l'avais vu auparavant : moins sévère, beaucoup moins sombre. Il y avait un sourire sur ses lèvres. Pendant deux minutes, il contempla le feu et, lorsqu'il se retourna soudain, il vit mon regard fixé sur lui.

– Vous m'examinez, mademoiselle Eyre, me dit-il; me trouveriez-vous beau?

Si j'avais eu le temps de réfléchir, j'aurais répliqué d'une manière conventionnelle, vague et polie, mais la réponse me tomba des lèvres presque à mon insu:

– Non, Monsieur.

– Ma parole! Il y a en vous quelque chose de singulier, me dit-il. Vous avez l'air d'une petite nonne, avec vos manières tranquilles, graves et simples; et quand on vous questionne, votre réponse est sinon brutale, du moins brusque.

– Pardon, Monsieur, j'ai été trop franche. J'aurais dû vous dire qu'il n'était pas facile d'improviser une réponse sur les apparences, que les goûts diffèrent, que la beauté est de peu d'importance, ou quelque chose d'approchant.

– Non, vous n'auriez pas dû répondre cela. Comment! la beauté de peu d'importance! Ainsi, sous prétexte d'adoucir le coup, vous enfoncez la lame plus avant! Vous avez l'air fort intrigué, mademoiselle Eyre, et, quoique vous ne soyez pas plus jolie que je ne suis beau, un air intrigué vous va bien; d'ailleurs, cela me convient, c'est un moyen d'éloigner de ma physionomie vos yeux scrutateurs et de les reporter sur les fleurs du tapis ; restez donc intriguée. Jeune fille, ce soir, je suis disposé à me montrer sociable et communicatif.

Cela dit, il se leva et alla s'appuyer sur le marbre de la cheminée : dans cette attitude, sa silhouette m'apparaissait aussi pleinement que son visage et je pus voir la largeur insolite de son torse, presque disproportionnée à la longueur de ses membres. Presque tout le monde, j'en suis certaine, l'aurait trouvé laid ; mais il y avait dans son maintien tant d'orgueil involontaire, tant d'aisance dans ses manières, il semblait si peu s'inquiéter de son apparence, qu'en le regardant on partageait inévitablement cette indifférence, voire, d'une façon aveugle et imparfaite, sa confiance en lui-même.

– Je suis disposé à me montrer sociable et communicatif, répéta-t-il, et c'est pourquoi je vous ai envoyé chercher. Ce soir, il me plairait d'en savoir plus long sur votre compte… ainsi donc, parlez.

Au lieu de parler, je souris ; et mon sourire n'était ni complaisant ni soumis.

– Vous êtes muette, mademoiselle Eyre.

Je persistai dans mon silence. Il pencha la tête vers moi et plongea un rapide regard dans mes yeux.

– Butée ? fit-il, et ennuyée. Ah ! c'est normal. J'ai fait ma demande sous une forme absurde et presque insolente. Mademoiselle Eyre, je vous demande pardon. Sachez, une fois pour toutes, que mon intention n'est pas de vous traiter en inférieure, du moins, reprit-il, je ne veux que la supériorité que donnent vingt ans de plus et un siècle d'expérience. C'est en vertu de cette supériorité, de celle-là seule, que je vous prie d'avoir la bonté de me parler un peu et de distraire mes pensées qui souffrent de se reporter toujours sur un même point où elles se rongent comme un clou rouillé.

Il avait consenti une explication, presque des excuses; je n'y fus pas insensible et voulus le lui montrer.

– Je ne demande pas mieux que de vous amuser, Monsieur, si je le puis. Mais comment savoir ce qui vous intéressera? Interrogez-moi, et je vous répondrai de mon mieux.

– Alors, avant tout, acceptez-vous que j'aie le droit d'être un peu autoritaire, abrupt, exigeant parfois, parce que je suis assez vieux pour être votre père et que j'ai parcouru la moitié du globe, alors que vous avez toujours vécu tranquillement avec un même groupe de personnes et dans la même maison?

– Monsieur, je ne pense pas que vous ayez le droit de me donner des ordres, simplement parce que vous êtes plus vieux ou que vous connaissez mieux le monde que moi; votre supériorité dépend de l'usage que vous avez fait de votre temps et de votre expérience.

– Voilà qui est promptement répondu. Mais je n'admets pas votre principe, il ne fait pas mon affaire, car j'ai fait un usage nul, pour ne pas dire mauvais, de ces deux avantages. Mettons de côté toute supériorité ; je vous demande simplement d'accepter de temps en temps mes ordres sans vous blesser de mon ton de commandement. Le voulez-vous ?

– Bien peu de maîtres s'inquiètent de savoir si les gens qu'ils paient sont blessés de recevoir leurs ordres.

– Les gens qu'ils paient ! Est-ce que je vous paie ? Ah, oui, je l'avais oublié ! Eh bien, pour cette raison mercenaire, voulez-vous me permettre de vous harceler un peu ?

– Pour cette raison, non, Monsieur ; mais parce que vous avez oublié que je dépendais de vous. Oui, je consens du fond du cœur à ce que vous me demandez, parce que vous cherchez à savoir si le serviteur est heureux dans sa servitude.

– Je vous sais gré de votre réponse, tant pour elle-même que pour la manière dont vous l'avez formulée. Sur trois mille gouvernantes, il n'y en aurait pas trois qui m'eussent répondu comme vous. Mais ne croyez pas que je veuille vous flatter : si vous avez été faite dans un moule différent des autres, vous n'y êtes pour rien, c'est l'œuvre de la nature. D'ailleurs, je ne puis pas conclure encore : peut-être n'êtes-vous pas meilleure que les autres, peut-être avez-vous des défauts intolérables pour contrebalancer vos quelques bonnes qualités. Où allez-vous ? me demanda M. Rochester.

– Coucher Adèle, répondis-je ; neuf heures ont sonné.

– N'importe, attendez une minute. Adèle n'est pas prête à se coucher. Il y a dix minutes, elle a tiré de sa boîte une petite robe de soie rose. La coquetterie coule dans son sang, remplit son cerveau et nourrit la moelle de ses os. À l'instant même, elle est sortie se faire habiller par Sophie ; dans quelques minutes, elle va rentrer. Et ce qu'il y a de plus tendre en moi va recevoir un choc, j'en ai le pressentiment ; restez ici pour voir s'il se réalise.

Peu après, en effet, on entendit le petit pas d'Adèle trottiner dans le vestibule. Elle entra, transformée comme son tuteur l'avait prédit. Une robe rose très courte avait remplacé sa robe brune ; une couronne de boutons de roses ceignait son front ; elle était chaussée de bas de soie et de souliers de satin blanc.

– *Est-ce que ma robe va bien ?* s'écria-t-elle en bondissant. *Et mes souliers ? et mes bas ?*

Et, étalant sa robe, elle se mit à sauter dans la pièce. Arrivée près de M. Rochester, elle fit une pirouette sur la pointe des pieds, puis s'agenouilla devant lui en s'exclamant :

– *C'est comme cela que maman faisait, n'est-ce pas, monsieur ?*

– Ex-ac-te-ment ! répondit-il, et c'est *comme cela* qu'elle charmait mon or anglais pour le faire sortir de mes poches. J'ai été jeune, mademoiselle Eyre. Mon printemps n'est plus, mais il m'a laissé sur les bras cette petite fleur française. Il y a des jours où je voudrais en être débarrassé. Je n'attache plus aucun prix à la racine qui l'a produite. Et je n'aime qu'à moitié cette fleur, surtout quand elle a l'air aussi artificiel que maintenant. Je la garde conformément au principe des catholiques, pour expier par une seule bonne œuvre de trop nombreux péchés. Mais je vous expliquerai tout cela un jour. Bonsoir.

CHAPITRE XV

M. Rochester me l'expliqua en effet. Un après-midi, il me pria de le suivre dans une avenue de hêtres, tandis qu'Adèle jouait avec Pilote.

Il me raconta alors qu'elle était la fille d'une danseuse de l'Opéra français, Céline Varens, pour laquelle il avait eu une « *grande passion* ». Céline avait feint d'y répondre par un amour ardent. Il se croyait idolâtré, quelque laid qu'il fût.

– Et je fus si flatté, mademoiselle Eyre, de la préférence de la sylphide française pour son gnome anglais, que je l'installai dans un hôtel et lui donnai un établissement au grand complet, avec domestiques, voiture, cachemires, diamants, dentelles, etc. En un mot, je me ruinai, comme n'importe quel nigaud. J'eus, comme je le méritais, le sort de tous les nigauds. Je vins un soir où Céline ne m'attendait pas... Vous n'avez jamais éprouvé la jalousie, n'est-ce pas, mademoiselle Eyre ? Bien sûr que non, puisque vous ne connaissez pas l'amour. Il vous reste à découvrir ces deux sentiments. Vous croyez que toute l'existence coule sur un flot aussi paisible que celui où a glissé jusqu'ici votre jeunesse. Les yeux fermés, les oreilles bouchées, vous vous laissez bercer par le courant sans voir les rochers qui affleurent. Mais, je vous le dis – et vous pouvez me croire –, un jour vous arriverez aux écueils, et le cours de votre vie se brisera dans un tourbillon tumultueux, dans une bruyante écume.

« J'aime cette journée, j'aime ce ciel d'acier. J'aime Thornfield ; et, cependant, combien de temps en ai-je abhorré la seule pensée, l'ai-je évité comme une maison de pestiférés ? Comme j'abhorre encore...

Il serra les dents et se tut ; il s'arrêta et frappa du pied le sol durci par le gel. Une pensée odieuse semblait s'être emparée de lui.

Nous montions l'allée lorsqu'il s'arrêta ainsi ; le manoir se dressait devant nous. Il jeta sur les créneaux un regard comme je n'en ai jamais vu. La douleur, la honte, la colère, l'impatience, le dégoût, la haine, semblèrent lutter un moment dans sa large prunelle dilatée sous son sourcil d'ébène. Mais il dompta son émotion, pétrifia son expression et poursuivit :

– Lorsque je vis ma magicienne escortée d'un cavalier, le serpent vert de la jalousie se glissa sous mon gilet et, en deux minutes, me rongea le cœur. Son compagnon portait un uniforme d'officier, je le reconnus : c'était un vicomte, jeune homme vicieux et sans cervelle que j'avais parfois rencontré dans le monde ; je n'avais jamais songé à le haïr, tant il me semblait méprisable. En le reconnaissant, la morsure du serpent Jalousie cessa instantanément car mon amour pour Céline s'éteignit. Une femme capable de me trahir pour un tel rival n'était pas digne d'être disputée, elle ne méritait que le dédain, moins que moi pourtant qui avais été sa dupe. Je libérai Céline de ma protection et pris rendez-vous au bois de Boulogne avec le vicomte. Le lendemain matin, je logeai une balle dans l'un de ses maigres bras et crus en avoir fini avec toute la clique. Mais malheureusement, six mois auparavant, la Varens m'avait donné cette fillette, Adèle, qu'elle affirmait être ma fille ; et peut-être l'est-elle, bien que je ne retrouve chez elle aucune preuve de ma laide paternité : Pilote me ressemble davantage. Quelques années après ma rupture d'avec la mère, elle abandonna l'enfant et s'enfuit en Italie avec un musicien ou un chanteur. Ayant appris son abandon, j'enlevai ce pauvre petit être aux boues de Paris et le transplantai ici, pour l'élever sainement sur le sol d'un jardin de la campagne anglaise. Mme Fairfax a eu recours à vous pour son éducation ; mais maintenant que vous savez qu'Adèle est la fille illégitime d'une danseuse française, vous n'envisagerez peut-être plus de la même manière ni votre poste ni votre protégée : vous viendrez me trouver un de ces jours pour me dire de chercher une autre gouvernante.

– Non, Adèle n'est responsable ni des fautes de sa mère ni des vôtres. Puisqu'elle est, en un sens, sans parents – abandonnée par sa mère et reniée par vous, Monsieur –, je vais plus que jamais m'attacher à elle.

– Tiens, c'est donc là votre manière de voir ! Bien, il faut que je rentre maintenant, et vous aussi : il commence à faire sombre.

Ce ne fut qu'au moment de me coucher que je me mis à repasser dans ma mémoire l'histoire de M. Rochester. Je revoyais son expression au moment où il s'était arrêté dans l'allée.

« Qu'est-ce qui l'éloigne de cette maison ? me demandai-je. La quittera-t-il encore bientôt ?

Mme Fairfax m'a dit qu'il restait rarement plus de quinze jours, or voilà huit semaines qu'il est là. S'il part, quel triste changement ! S'il s'absente pendant le printemps, l'été et l'automne, le soleil et les beaux jours paraîtront bien mornes. »

Je ne sais si je m'endormis ou non, mais, tout à coup, un murmure vague, étrange et lugubre, se produisant, me sembla-t-il, juste au-dessus de moi, me fit tressaillir.

L'horloge du vestibule sonna deux heures. À ce moment, j'eus l'impression qu'une main glissait sur ma porte comme pour trouver son chemin à tâtons le long du sombre corridor.

– Qui est là ? demandai-je.

Personne ne répondit. J'étais glacée de peur.

Je me dis que ce pouvait être Pilote qui venait souvent se coucher devant la porte de M. Rochester. Cette pensée me tranquillisa un peu. Mais il était écrit que je ne dormirais pas cette nuit-là. Au moment où un rêve allait s'approcher de moi, il s'enfuit, épouvanté par un incident terrifiant.

Ce fut un rire démoniaque qui semblait avoir éclaté dans le trou de serrure de ma porte. La tête de mon lit était près de la porte, et je crus un instant que le démon qui venait de manifester sa présence était accroupi sur mon oreiller. Je me levai, regardai autour de moi et ne vis rien. Le son surnaturel retentit de nouveau, et je compris qu'il venait du couloir. Mon premier mouvement fut d'aller fermer le verrou ; mon second, de crier :

– Qui est là ?

Quelque chose grogna, gémit. Un instant plus tard, j'entendis des pas se diriger vers l'escalier du troisième ; puis tout rentra dans le silence.

« Était-ce Grace Poole ? Est-elle possédée ? » me demandai-je. Impossible de rester seule plus longtemps : il fallait aller trouver Mme Fairfax.

À la hâte, je passai une robe et un châle, tirai le verrou et ouvris la porte d'une main tremblante. Il y avait une chandelle allumée dans le corridor. J'en fus étonnée, mais ma surprise augmenta lorsque je m'aperçus que l'air était lourd et comme rempli de fumée.

J'entendis craquer une porte ; c'était celle de M. Rochester, et c'était de là que sortait un nuage de fumée. Je ne pensais plus à Mme Fairfax, ni à Grace Poole, ni au rire : en un instant, je fus dans la chambre. Les rideaux du lit étaient en feu, et M. Rochester profondément endormi au milieu des flammes et de la fumée.

– Réveillez-vous ! lui criai-je.

Je le secouai, mais il marmotta quelque chose et se retourna : la fumée l'avait suffoqué. Il n'y avait pas un instant à perdre : le feu venait de se communiquer aux draps. Je courus à sa cuvette et à son pot à eau. J'inondai le lit et son occupant sous un déluge et, avec l'aide de Dieu, parvins à éteindre les flammes.

Le sifflement des flammes mourantes, le bruit que fit le broc en m'échappant et en tombant au sol, et surtout le giclement de l'eau que j'avais si généreusement répandue, finirent par réveiller M. Rochester.

– Y a-t-il une inondation ? s'écria-t-il.

– Non, Monsieur, répondis-je ; mais il y a eu un incendie. Levez-vous, vous êtes trempé.

– Qui a fait cela ? demanda-t-il.

Je lui racontai brièvement ce que je savais : le rire étrange entendu dans le couloir, les pas qui montaient au troisième, l'odeur du feu qui m'avait conduite à sa chambre.

Il m'écouta avec beaucoup de gravité ; son visage exprimait plus d'inquiétude que d'étonnement ; il resta un moment sans parler.

– Dois-je appeler Mme Fairfax ? demandai-je.

– Mme Fairfax ? Que ferait-elle ? Laissez-la dormir tranquille.

– Alors je vais chercher Leah, ainsi que John et sa femme.

– Non, ne bougez pas. Je vais prendre la chandelle et vous laisser quelques instants. Restez ici jusqu'à mon retour. Surtout, ne bougez pas et n'appelez personne.

Il sortit. Je restai dans une obscurité totale. J'écoutais, mais n'entendais rien. Un très long moment s'écoula. Alors j'entendis ses pieds nus dans le couloir.

Il rentra, pâle et fort préoccupé. Enfin, au bout de quelques minutes, il me dit d'un ton étrange :

– Avez-vous vu quelque chose quand vous avez ouvert la porte de votre chambre ?

– Non, Monsieur, rien que le chandelier.

– Mais vous avez entendu un rire singulier ? Ne l'aviez-vous pas déjà entendu ?

– Oui, Monsieur : il y a une femme appelée Grace Poole, qui rit de cette manière. C'est une personne singulière.

– Oui, Grace Poole – vous avez deviné. Elle est singulière, comme vous dites. Je suis content que vous et moi soyons seuls à connaître les détails de cet incident. N'en parlez jamais. Je trouverai une explication, ajouta-t-il en désignant le lit. Maintenant, retournez dans votre chambre. Quant à moi, le divan de la bibliothèque me suffira pour le reste de la nuit.

– Alors bonsoir, Monsieur, dis-je en me levant.

Il parut surpris, bien que lui-même m'eût dit de partir.

– Quoi ! s'écria-t-il, vous me quittez déjà, et de cette manière ?

– Vous m'avez dit de me retirer, Monsieur.

– Mais pas sans prendre congé, pas de cette façon sèche et brève. Vous m'avez sauvé la vie !

Vous m'avez arraché à une mort horrible ! Et vous me quittez comme si nous étions des étrangers ! Serrons-nous au moins la main.

Il me tendit sa main ; je lui donnai la mienne : il la prit d'abord dans une, puis dans deux mains.

– Je savais qu'un jour vous me feriez du bien ; je l'ai lu dans vos yeux la première fois que je vous ai vue. Ma protectrice chérie, bonne nuit !

Il y avait dans sa voix une énergie singulière, dans ses yeux une flamme singulière. Il tenait toujours ma main, je ne pouvais partir. Je trouvai un expédient :

– Il me semble, Monsieur, que j'entends bouger Mme Fairfax.

– Alors, quittez-moi.

Il dénoua l'étreinte de ses doigts, et je partis.

Je regagnai mon lit, mais sans songer à dormir. Jusqu'à l'aube, je fus ballottée sur une mer où des vagues d'inquiétude roulaient sous des lames de joie.

CHAPITRE XVI

Le jour qui suivit cette nuit sans sommeil, j'avais à la fois la crainte et le désir de voir M. Rochester : j'avais besoin d'entendre sa voix, mais redoutais de croiser son regard.

Après le petit déjeuner, j'entendis du bruit du

côté de sa chambre, les voix de Mme Fairfax, de Leah, de la cuisinière – la femme de John – et même les accents bourrus de John lui-même.

– Quelle bénédiction, criait-on, que notre maître n'ait pas été brûlé dans son lit ! Il est toujours dangereux de garder une chandelle allumée la nuit. Pourquoi n'a-t-il réveillé personne ?

Après ces exclamations, on remit tout en état. Lorsque je descendis pour le déjeuner, la porte de la chambre était ouverte, et je vis que les dégâts avaient été réparés ; le lit seul restait dépouillé de ses rideaux. En approchant, j'aperçus une femme occupée à coudre des anneaux à de nouveaux rideaux. Et cette femme n'était autre que Grace Poole.

Elle semblait totalement absorbée par son ouvrage : son front sévère, ses traits communs n'avaient ni la pâleur ni le désespoir qu'on se serait attendu à trouver chez une femme ayant commis une tentative de meurtre, et que sa victime avait poursuivie jusque dans sa tanière pour (comme je le croyais) l'accuser du crime qu'elle avait voulu perpétrer. J'étais abasourdie. Elle leva les yeux pendant que je la regardais. Elle me dit : « Bonjour, mademoiselle » à sa manière habituelle, brève et flegmatique.

« Je vais la mettre à l'épreuve, pensai-je, une impénétrabilité aussi absolue dépasse l'entendement. »

– Bonjour, Grace, dis-je. Est-il arrivé quelque chose ici ?

– C'est juste Monsieur qui a voulu lire dans son lit la nuit dernière ; il s'est endormi avec sa bougie allumée, et les rideaux ont pris feu. Heureusement, il s'est réveillé avant que les draps et les couvertures ne s'enflamment, et il a pu éteindre le feu avec l'eau de son broc.

– Étrange affaire ! dis-je tout bas et en la regardant fixement. M. Rochester n'a-t-il réveillé personne ?

Elle leva les yeux sur moi et, cette fois, parut m'examiner attentivement avant de répondre :

– Les domestiques dorment loin d'ici, ils n'ont pas pu entendre. Mais vous, mademoiselle, peut-être avez-vous entendu du bruit ?

– Oui, je suis certaine d'avoir entendu un rire, et un rire fort bizarre.

Elle fixa sur moi un regard scrutateur.

– Avez-vous dit à Monsieur que vous aviez entendu rire ? demanda-t-elle.

– Je n'ai pas eu occasion de lui parler ce matin.

– Vous n'avez pas songé à ouvrir votre porte et à regarder dans le couloir ?

Elle semblait me soumettre à un interrogatoire pour m'arracher malgré moi des renseignements. Je pensai soudain que, si elle découvrait que je connaissais ou soupçonnais sa culpabilité, elle chercherait à me jouer un de ses tours malfaisants.

J'étais abasourdie face à ce qui me semblait un prodigieux sang-froid et la plus insondable hypocrisie, lorsque la cuisinière entra.

– Madame Poole, dit-elle, le repas des domestiques sera bientôt prêt : voudrez-vous descendre ?

– Non ; mettez-moi seulement ma pinte de bière brune et un morceau de pudding sur un plateau que je monterai moi-même.

La cuisinière se tourna vers moi en me disant que Mme Fairfax m'attendait. Je sortis alors de la chambre.

J'étais tellement intriguée par le caractère énigmatique de Grace Poole, que ce fut à peine si j'entendis le récit que me fit Mme Fairfax pendant le déjeuner de l'incendie des rideaux ; je tâchais de comprendre ce qu'elle pouvait être au manoir et me demandais pourquoi elle n'avait pas été arrêtée, ou du moins renvoyée par son maître. La nuit précédente, il m'avait presque déclaré qu'elle était coupable : quelle cause mystérieuse pouvait l'empêcher de l'accuser ? Pourquoi m'avait-il enjoint de garder le secret ? C'était étrange : un gentleman hautain, téméraire et vindicatif, apparemment tombé au pouvoir de la dernière de ses servantes ; au point, lorsqu'elle attentait à sa vie, de ne pas oser l'accuser publiquement et moins encore de la châtier.

Si Grace avait été jeune et belle, j'aurais été tentée de croire M. Rochester poussé par des sentiments plus tendres que la prudence ou la crainte ; mais la disgrâce de ses traits et son âge mûr rendaient l'idée impossible. « Et pourtant, ajouta en moi cette voix secrète qui parle à nos cœurs, toi non plus tu n'es pas belle, et pourtant il se peut que tu plaises à M. Rochester ; rappelle-toi ses paroles la nuit dernière, rappelle-toi ses regards, rappelle-toi sa voix ! »

Je me rappelais tout.

Lorsque le soir fut là et qu'Adèle m'eut quittée pour aller jouer avec Sophie, mon désir était à son comble ; j'espérais toujours entendre Leah monter avec un message.

Enfin un craquement se fit entendre dans l'escalier. Leah parut, mais seulement pour m'avertir que le thé était servi dans le petit salon de Mme Fairfax. Je m'y rendis, heureuse de descendre, car j'imaginais ainsi me rapprocher de M. Rochester.

– Vous devez avoir besoin de votre thé, me dit la bonne dame quand je vins la retrouver. Vous avez si peu mangé au déjeuner.

Elle se leva pour tirer le store.

– Bien qu'il n'y ait pas d'étoiles, il fait beau, dit-elle en regardant à travers les carreaux. M. Rochester aura eu beau temps pour son voyage.

– M. Rochester est donc parti ?

– Il est parti tout de suite après le petit déjeuner pour se rendre au château de M. Eshton. Je pense qu'il y restera au moins une semaine, voire plus : quand ces gens du monde se réunissent, ils sont entourés de tant de gaieté, d'élégance et de sujets de plaisir, qu'ils ne sont nullement pressés de se séparer. On recherche surtout les messieurs dans ces réunions, et M. Rochester est si charmant en société qu'il y est généralement fort apprécié. Il est le favori de ces dames, bien qu'il n'ait pas l'air fait pour leur plaire ; mais je crois que ses talents, sa fortune et son rang font oublier les petits défauts de son apparence.

– Et y a-t-il des dames au château ?

– Il y a Mme Eshton et ses trois filles, ainsi que Mlles Blanche et Mary Ingram, qui sont bien belles. J'ai vu Mlle Blanche il y a six ou sept ans ; elle avait dix-huit ans. Elle était venue à un bal de Noël donné par M. Rochester. Elle était la reine de la fête.

– Comment était-elle ?

– Grande, la taille fine, le cou long et gracieux, le teint mat, les traits nobles, et les yeux grands, noirs et aussi étincelants que ses bijoux.

– Et cette jeune fille si belle n'est pas encore mariée ?

– Apparemment non : j'imagine que ni elle ni sa sœur n'ont beaucoup de fortune.

– Mais je m'étonne qu'aucun riche aristocrate ou gentilhomme ne soit tombé amoureux d'elle :

M. Rochester, par exemple. Il est riche, n'est-ce pas ?

– Oh ! oui. Mais M. Rochester a près de quarante ans, et elle n'en a que vingt-cinq.

– Il se fait tous les jours des mariages où la différence d'âge entre les deux époux est plus importante encore.

– C'est vrai ; je ne crois cependant pas que M. Rochester ait jamais une idée de ce genre. Mais vous ne mangez rien, vous avez à peine goûté à quoi que ce soit.

Dès que je fus rendue à ma solitude, je me mis à passer en revue les informations que j'avais obtenues ; je regardai dans mon cœur, examinai mes pensées et mes sentiments, et, d'une main ferme, m'efforçai de ramener dans le sentier du bon sens ceux que mon imagination avait laissés s'égarer.

Traduite devant mon propre tribunal, je prononçai mon jugement et déclarai :

« Que la terre n'avait jamais porté plus grande imbécile que Jane Eyre, que jamais idiote plus fantasque ne s'était bercée de doux mensonges.

« *Toi*, me dis-je, être aimée de M. Rochester ? *Toi* avoir le pouvoir de lui plaire ? Pauvre dupe stupide ! C'est folie chez une femme de laisser s'allumer en elle un amour secret qui doit dévorer sa vie s'il n'est ni connu ni partagé, et qui, s'il est connu et partagé, doit la lancer dans d'inextricables difficultés. Jane Eyre, écoute donc ta sentence : demain, pose le miroir devant toi et dessine fidèlement ton portrait, sans omettre un seul défaut, sans adoucir une seule ligne trop dure, sans effacer une seule irrégularité déplaisante ; et écris dessous : "Portrait d'une gouvernante laide, pauvre et sans famille."

« Ensuite, dessine le plus charmant visage que tu pourras imaginer, colore-le des teintes les plus douces, selon la description faite par Mme Fairfax de Blanche Ingram. Et dessous, écris : "Blanche, jeune fille accomplie, appartenant à une famille de haut rang."

« Et chaque fois qu'à l'avenir tu t'imagineras que M. Rochester pense à toi, prends ces deux portraits et compare-les. »

Je tins parole. Une heure ou deux suffirent pour mon propre portrait et, en moins de quinze jours, j'eus achevé la miniature d'une Blanche Ingram imaginaire. C'était un assez joli visage et, lorsque je le comparais au mien, le contraste était aussi frappant que pouvait le désirer ma lucidité. Ce travail me fit du bien : d'abord, il occupa ma tête et mes mains, puis il donna force et fixité aux impressions nouvelles que je désirais graver de manière indélébile dans mon cœur.

Je fus récompensée de cette discipline imposée à mes sentiments. Grâce à elle, je pus supporter avec calme les événements qui vont suivre.

CHAPITRE XVII

Il y avait à peu près quinze jours que M. Rochester était absent, lorsque Mme Fairfax reçut une lettre.

– Parfois, je trouve que nous sommes trop tranquilles ici, dit-elle en tenant la lettre devant ses lunettes. Mais maintenant nous allons être passablement occupées. M. Rochester sera de retour dans trois jours, c'est-à-dire jeudi prochain. Il amène avec lui toute une société. Il dit de préparer les plus belles chambres du manoir.

Mme Fairfax avala son petit déjeuner et se dépêcha d'aller entamer les opérations.

Le jeudi arriva : les préparatifs avaient été achevés le soir précédent ; les tapis avaient été mis en place, les rideaux des lits festonnés, les couvre-pieds blancs installés, les meubles frottés, les vases remplis de fleurs. La belle horloge sculptée, l'escalier, la rampe resplendissaient comme du verre ; dans la salle à manger, le dressoir était garni d'une brillante argenterie ; des fleurs exotiques s'épanouissaient dans le salon et le boudoir.

Enfin, on entendit un bruit de roues. Quatre cavaliers montaient l'allée au galop, derrière eux venaient deux voitures découvertes. Des voiles flottants et des plumes ondoyantes emplissaient les véhicules. Deux des cavaliers étaient de fringants jeunes gens ; le troisième était M. Rochester ; à côté de lui, j'aperçus une jeune femme. Son long voile était soulevé par la brise et, à travers ses plis transparents, on pouvait voir de riches boucles d'un noir de jais.

La cavalcade tourna bientôt l'angle de la maison, et je la perdis de vue.

– Les belles dames ! s'écria Adèle en anglais. Oh, comme j'aimerais aller les voir ! Pensez-vous que M. Rochester nous enverra chercher après le dîner ?

– Non, en vérité ; M. Rochester a bien d'autres choses en tête. Ne pensez plus aux dames pour ce soir ; peut-être les verrez-vous demain. En attendant, voici votre dîner.

J'avais été bien inspirée d'aller chercher des provisions à l'office car, sans cela, Adèle, Sophie et moi aurions couru le risque de ne pas dîner : tout le monde en bas était trop occupé pour penser à nous. Il était neuf heures passées lorsqu'on retira le dessert et, à dix heures, on entendait encore les valets emporter les plateaux et les tasses à café. Lorsque les invités gagnèrent leurs chambres, il était près d'une heure.

La journée du lendemain fut aussi radieuse que celle de la veille : elle fut consacrée à une excursion dans le voisinage. On partit de bonne heure, certains à cheval, d'autres en voiture ; j'assistai et au départ et au retour. De toutes les dames, Mlle Ingram seule montait à cheval, et, comme le jour précédent, M. Rochester galopait à ses côtés. Je le fis remarquer à Mme Fairfax, qui était à la fenêtre avec moi.

– Vous prétendiez, dis-je, qu'il n'y avait aucune probabilité de les voir mariés, mais regardez vous-même si M. Rochester ne la préfère pas à toutes les autres dames. Je voudrais voir son visage, je ne l'ai pas pu encore jusqu'ici.

– Vous le verrez ce soir, répondit Mme Fairfax. J'ai dit à M. Rochester combien Adèle désirait voir les dames, et il m'a répondu : « Oh ! qu'elle vienne au salon après dîner, et demandez à Mlle Eyre de l'accompagner. Dites-lui que je le désire vivement, et si elle résiste, ajoutez que j'irai moi-même la chercher. »

– Je ne lui donnerai pas cette peine, répondis-je. J'irai puisque je ne puis faire autrement.

C'est avec une certaine nervosité que je vis approcher le moment d'entrer au salon avec mon élève. Heureusement, on pouvait y accéder sans traverser la salle à manger où tout le monde était en train de dîner. Le salon était vide.

Adèle s'assit sans un mot sur le tabouret que je lui indiquai. Quant à moi, je me retirai vers la fenêtre et, prenant un livre sur une table, m'efforçai de lire.

Tout à coup, on entendit plusieurs personnes se lever dans la pièce voisine ; le rideau de l'arche fut écarté, et j'aperçus la salle à manger, dont le lustre répandait une vive lumière sur le service de cristal et d'argent qui couvrait une longue table. Un groupe de dames se tenait debout dans l'ouverture.

Je leur fis une révérence : une ou deux me répondirent par un mouvement de tête, les autres se contentèrent de me dévisager.

Elles se dispersèrent dans la pièce. Quelques-unes s'étendirent à demi sur les sofas et les ottomanes, d'autres se penchèrent sur les tables pour regarder les fleurs et les livres ; plusieurs, enfin, formèrent un groupe autour du feu.

Mais les trois plus remarquables étaient la douairière lady Ingram et ses filles, Blanche et Mary. Toutes trois étaient prodigieusement grandes. La douairière pouvait avoir entre quarante et cinquante ans. Ses traits me parurent gonflés, assombris et même sillonnés par l'orgueil. Ses yeux étaient féroces et durs : ils me rappelaient ceux de Mme Reed. Sa voix était grave, pompeuse, dogmatique, en un mot insupportable.

Blanche et Mary avaient la même stature – droites et hautes comme des peupliers. Mary était trop mince, mais Blanche était moulée comme une Diane.

Elle était bien telle que me l'avait dépeinte Mme Fairfax et telle que je l'avais dessinée. Le buste noble, le cou gracieux, les yeux sombres et les boucles noires étaient là ; mais son visage ? Son visage était semblable à celui de sa mère : le même front bas, les mêmes traits hautains, le même orgueil.

On dit que le génie apprécie sa propre valeur. Je ne sais si Mlle Ingram avait du génie, mais bien certainement elle s'appréciait elle-même. Elle joua du piano : son exécution était brillante ; elle chanta : sa voix était belle ; elle parla français avec sa mère, et je pus m'apercevoir qu'elle s'exprimait avec aisance et que son accent était bon.

Vous ne supposez pas, lecteur, qu'Adèle était restée tout ce temps immobile à mes pieds : non, dès l'instant où les dames entrèrent, elle se leva, s'avança vers elles, leur fit une révérence cérémonieuse et leur dit avec gravité :

– *Bonjour, mesdames.*

Mlle Ingram baissa les yeux vers elle d'un air moqueur et s'exclama :

– Oh ! quelle petite marionnette !

Enfin, on apporte le café et on appelle ces messieurs. Je suis assise dans l'ombre, si tant est qu'il y ait un seul coin obscur dans un salon si brillamment éclairé ; le rideau de la fenêtre me cache à moitié. L'apparition collective des messieurs m'impressionne autant que celle des dames.

Mais où est M. Rochester ?

Il arrive enfin : je ne regarde pas du côté de l'arche, et pourtant je le vois entrer. Je ne puis m'empêcher de me rappeler la dernière fois où je l'ai vu, quand il a pris mes mains et m'a regardée avec des yeux révélant un cœur débordant et prêt à s'épancher. Comme nous sommes loin désormais, des étrangers l'un pour l'autre ! Si étrangers que je ne compte même pas l'entendre m'adresser quelques mots. Et je ne suis pas étonnée lorsque, sans m'avoir jeté un regard, il va s'asseoir à l'autre bout de la pièce pour bavarder avec certaines des dames.

Mlle Ingram va se poster de l'autre côté de la cheminée, face à lui.

– Monsieur Rochester, dit-elle, je croyais que vous n'aimiez pas les enfants ?

– Et vous aviez raison.

– Alors qui vous a décidé à vous charger de cette petite poupée ? reprend-elle en désignant Adèle. Où l'avez-vous dénichée ?

– Je ne l'ai pas dénichée ; on me l'a laissée sur les bras.

– Vous auriez dû l'envoyer à l'école.

– Je n'en avais pas les moyens : les écoles sont si chères.

– Mais il me semble que vous avez une gouvernante pour elle : j'ai vu quelqu'un avec elle tout à l'heure – serait-elle partie ? Oh non ! elle est encore là, derrière le rideau. Vous la payez, cela va de soi ; ce doit être aussi coûteux, voire plus, car vous avez à les entretenir toutes les deux. Si vous entendiez maman sur le chapitre des gouvernantes : Mary et moi en avons eu au moins une douzaine, la moitié détestables, les autres ridicules, toutes des démons – n'est-ce pas, maman ?

– Ma bien-aimée, ne me parle pas des gouvernantes. J'ai souffert le martyre par leur incompétence et leurs caprices. Je remercie le ciel d'en avoir fini avec elles !

Je quittai mon abri et sortis par la porte de côté, heureusement proche de moi. Un étroit couloir conduisait dans le vestibule. J'entendis soudain la porte de la salle à manger s'ouvrir, un monsieur en sortit. Je me trouvai face à lui : c'était M. Rochester.

– Pourquoi n'êtes-vous pas venue me parler au salon ?

Je pensai que j'aurais bien pu lui retourner la question, mais, n'osant prendre cette liberté, je lui répondis :

– Vous aviez l'air occupé, et je ne voulais pas vous déranger, Monsieur.

– Qu'avez-vous fait pendant mon absence ?

– Rien de particulier ; j'ai continué à donner des leçons à Adèle.

– Et vous êtes devenue beaucoup plus pâle que vous n'étiez. Que se passe-t-il ?

– Je suis fatiguée, Monsieur.

Il me regarda un instant.

– Et un peu triste, ajouta-t-il. Qu'avez-vous? Dites-le-moi.

– Rien, Monsieur. Je ne suis pas triste.

– Je vous affirme que vous l'êtes: si triste que le moindre mot amènerait des larmes dans vos yeux. Si j'avais le temps et si je ne craignais pas de voir apparaître quelque domestique bavard, je saurais ce que signifie tout cela. Allons, pour ce soir je vous excuse; mais sachez qu'aussi longtemps que mes invités seront là, je vous demande de paraître tous les soirs au salon. Maintenant, partez et envoyez Sophie chercher Adèle. Bonne nuit, ma…

Il s'arrêta, se mordit la lèvre et me quitta brusquement.

CHAPITRE XVIII

Je vous ai dit, lecteur, que j'avais appris à aimer M. Rochester: je ne pouvais pas faire taire ce sentiment uniquement parce qu'il ne prenait plus garde à moi, parce que je voyais toutes ses attentions reportées sur une grande dame qui aurait craint de laisser le bas de sa robe m'effleurer en passant. Je ne pouvais cesser de l'aimer parce que j'avais la certitude qu'il épouserait bientôt cette jeune fille.

Ces circonstances ne pouvaient ni bannir ni

refroidir l'amour, mais elles pouvaient créer le désespoir. Et, pensez-vous, lecteur, engendrer la jalousie : si toutefois une femme dans ma position pouvait se permettre d'être jalouse d'une femme dans celle de Mlle Ingram. Mais je n'étais pas jalouse. Mlle Ingram était indigne de susciter la jalousie : elle était trop inférieure pour la provoquer. Pardonnez cet apparent paradoxe ; je dis bien ce que je veux dire. Elle était brillante, mais non pas authentique : elle était belle, possédait certains talents, mais son esprit était pauvre et son cœur naturellement sec. Elle affectait le sentiment et ne connaissait ni la sympathie ni la pitié ; il n'y avait en elle ni tendresse ni sincérité. Trop souvent sa nature se trahissait par l'antipathie méprisante qu'elle concevait pour la petite Adèle. D'autres yeux que les miens examinaient ces manifestations de son caractère. Oui, le futur époux, M. Rochester lui-même, exerçait sur sa promise une incessante surveillance ; et cette conscience claire et parfaite des défauts de sa belle, cette évidente absence de passion à son égard, étaient pour moi une torture sans cesse renouvelée.

Là était ma plus vive souffrance : *elle ne pouvait pas lui plaire.*

Pendant que je ne pensais qu'à mon maître et à sa future épouse, que je ne voyais qu'eux, n'entendais que leurs propos, les autres invités étaient occupés de leurs intérêts et de leurs plaisirs. Mais si M. Rochester s'absentait une heure seulement, l'engourdissement s'emparait aussitôt de leurs esprits et, lorsqu'il revenait, un nouvel élan était donné à la conversation, qui reprenait sa vivacité.

Le besoin de son influence vivifiante se fit particulièrement sentir un jour où il fut appelé à Millcote pour affaires ; il ne devait rentrer que tard.

Le soir tombait quand on entendit un bruit de roues et l'eau giclant sous le pas des chevaux dans l'allée de gravier. Une chaise de poste approchait.

Elle s'arrêta ; le cocher sonna, et un monsieur en habit de voyage descendit. C'était un homme grand, élégant, un inconnu.

On entendit parler dans le vestibule, et bientôt le nouveau venu fut introduit. Il salua lady Ingram, qui lui parut la dame la plus âgée de la société.

– Il semblerait que j'aie mal choisi mon moment, madame, dit-il ; mon ami M. Rochester est absent ; mais je viens de faire un très long voyage, et je compte assez sur notre ancienne amitié pour m'installer ici jusqu'à son retour.

Ses manières étaient courtoises ; son accent avait quelque chose de singulier, ni vraiment étranger, ni non plus anglais ; il pouvait avoir le même âge que M. Rochester, entre trente et quarante ans. S'il n'avait eu le teint cireux, le nouveau venu aurait été beau, surtout au premier abord. Mais, à y regarder de plus près, son visage avait quelque chose de déplaisant, ou plutôt il lui manquait ce qu'il faut pour plaire. Ses traits étaient réguliers, mais mous ; ses yeux grands et bien dessinés, mais inanimés. Telle fut du moins l'impression qu'il me produisit.

Deux ou trois messieurs l'entouraient, et j'entendais de temps en temps des fragments de leur conversation.

J'appris que le nouveau venu s'appelait M. Mason, qu'il venait de débarquer en Angleterre et qu'il arrivait d'un pays chaud. Les mots Jamaïque, Kingston et Spanish Town m'indiquèrent qu'il résidait aux Antilles.

Je méditais, lorsqu'un incident tout à fait inattendu vint interrompre le fil de mes réflexions. M. Mason, qui grelottait chaque fois qu'on ouvrait une porte, demanda davantage de charbon pour mettre dans le feu. Le valet, après avoir apporté le charbon, s'arrêta près de l'un des messieurs et lui dit quelque chose à voix basse.

– Mesdames, fit le monsieur, Sam dit qu'une vieille bohémienne est à l'office et insiste pour être présentée à « la société » et lui dire la bonne aventure. Désirez-vous la voir ?

– Je ne peux absolument pas approuver une chose aussi déraisonnable, riposta lady Ingram.

– En vérité, maman, il le faudra, s'écria la voix impérieuse de Blanche. Je suis curieuse d'entendre ma bonne aventure : Sam, faites entrer cette femme.

– Elle ne veut pas entrer, dit-il. Il faut que je la mène dans une pièce où ceux qui voudront la consulter se rendront l'un après l'autre.

– Tu vois, ma royale Blanche, elle devient de plus en plus exigeante, fit lady Ingram. Sois raisonnable, mon bel ange…

– Conduisez-la dans la bibliothèque, coupa impérieusement le bel ange. Je veux l'avoir pour moi toute seule.

Sam disparut, et le mystère, l'animation, l'attente s'emparèrent des esprits.

– Elle est prête maintenant, dit le valet quand il reparut. Elle ne veut pas, dit-elle, recevoir de messieurs. Elle ne veut s'entretenir qu'avec les femmes jeunes et célibataires.

Mlle Ingram se leva avec solennité.

– Oh, ma chérie ! réfléchis ! s'écria sa mère.

Mais Blanche passa silencieusement devant lady Ingram, franchit la porte, et nous l'entendîmes pénétrer dans la bibliothèque.

Les minutes s'écoulèrent avec une extrême lenteur : un quart d'heure passa avant qu'on entende rouvrir la porte de la bibliothèque. Enfin, Mlle Ingram revint.

Tous les yeux se fixèrent sur elle avec une

curiosité avide, et elle répondit à ces regards par un coup d'œil froid et hostile ; elle ne paraissait ni joyeuse ni agitée ; elle s'avança avec raideur vers sa place et s'assit en silence.

– Qu'a-t-elle dit, ma sœur ? demanda Mary.

Mlle Ingram prit un livre et, de cette manière, coupa court à toute conversation. Je l'examinai environ une demi-heure : pendant tout ce temps elle ne tourna pas une page, et son visage ne cessa de s'assombrir, de marquer le mécontentement et une amère déception. Manifestement, elle n'avait rien entendu d'avantageux pour elle.

Trois jeunes filles déclarèrent qu'elles n'oseraient point y aller seules et que, pourtant, elles désiraient y aller. Une négociation fut ouverte par le moyen de l'ambassadeur Sam. Après avoir fait bien des difficultés, la rigoureuse sibylle leur permit enfin de venir toutes ensemble.

Leur visite ne fut pas aussi tranquille que celle de Mlle Ingram : on entendait des gloussements et de petits cris en provenance de la bibliothèque ; au bout de vingt minutes, elles ouvrirent précipitamment la porte et traversèrent le vestibule en courant, comme à demi folles de peur.

– Elle nous a dit tant de choses ! s'écrièrent-elles toutes ensemble. Elle sait tout ce qui nous concerne !

Et elles tombèrent essoufflées sur les sièges que les messieurs s'empressaient de leur apporter.

Au milieu de ce tumulte, quelqu'un toussota près de moi : je me retournai et vis Sam.

– La bohémienne dit qu'il y a dans la pièce une jeune femme célibataire à qui elle n'a pas encore parlé, et elle jure de ne pas partir sans les avoir toutes vues. J'ai pensé que ce devait être vous : ce ne peut être personne d'autre. Que dois-je lui dire ?

– Oh, je vais y aller ! répondis-je.

J'étais heureuse de cette occasion inespérée de satisfaire ma curiosité. Je sortis de la pièce sans que personne me vît, car tout le monde était occupé des trois tremblantes jeunes filles.

CHAPITRE XIX

La bibliothèque semblait assez tranquille quand j'y pénétrais, et la sibylle – si c'en était une – était assez confortablement installée dans un fauteuil au coin de la cheminée. Elle portait un manteau rouge et un chapeau noir, ou, plus exactement, un chapeau gitan à large bord noué sous son menton par un mouchoir.

Elle leva lentement les yeux vers moi ; son chapeau lui cachait en partie le visage ; je remarquai toutefois qu'il était singulier. Il était tout brun et noir. Elle fixa sur moi un regard direct et hardi.

– Eh bien, tu veux qu'on te dise la bonne aventure ? fit-elle d'une voix aussi décidée que son regard, aussi dure que ses traits.

– Peu m'importe, ma mère ; faites comme bon vous semble, mais je dois vous prévenir que je n'ai pas foi en votre science.

– Voilà une impudence qui ne m'étonne pas : tes pas me l'avaient annoncée quand tu as franchi le seuil de cette porte. Pourquoi ne trembles-tu pas ?

– Je n'ai pas froid.

– Pourquoi ne pâlis-tu pas ?

– Je ne suis pas malade.

– Pourquoi n'interroges-tu pas mon art ?

– Je ne suis pas sotte.

– Tu as froid, tu es malade et tu es sotte.

– Prouvez-le, dis-je.

– Je vais le faire, et en peu de mots. Tu as froid, parce que tu es seule. Tu es malade, parce que tu ne connais pas le meilleur, le plus noble et le plus doux des sentiments qui soit donné aux hommes. Tu es sotte, parce que, quelles que soient les souffrances endurées, tu n'inviterais pas ce sentiment à t'approcher, tu ne ferais pas même un pas pour aller le trouver là où il t'attend.

– Je ne comprends pas les énigmes.

– Si tu veux que je parle plus clairement, mets-toi à genoux et lève la tête vers moi.

Je m'agenouillai à un demi-mètre d'elle.

– Parmi tous ceux qui occupent les chaises ou les divans du salon, n'y en a-t-il aucun qui ait pour toi un intérêt? N'étudies-tu aucun visage?

– J'aime à observer tous les visages.

– N'en remarques-tu pas un plus particulièrement?

– Je ne connais aucun des messieurs ici.

– Tu ne connais aucun des messieurs? Oseras-tu soutenir que tu n'as jamais parlé au maître de maison!

– Il n'est pas ici.

– Il est parti pour Millcote ce matin et sera de retour ce soir ou demain: cette circonstance le raye-t-elle de la liste de tes connaissances?

Je me demandais quel était cet esprit invisible qui, pendant des semaines, était resté près de mon cœur pour en étudier le travail et en écouter les pulsations.

– M. Rochester, reprit la vieille, est resté des heures à prêter l'oreille à des lèvres séduisantes qui semblaient heureuses de ce qu'elles avaient à communiquer, et il paraissait satisfait de cet hommage et reconnaissant du divertissement qu'on lui offrait. L'as-tu remarqué?

– Reconnaissant! Je ne me rappelle pas avoir décelé la gratitude sur son visage.

– Décelé! Tu l'as donc examiné. Alors, qu'as-tu décelé, si ce n'est de la gratitude?

Je ne répondis pas.

– Tu y as vu l'amour, n'est-ce pas ? Et, regardant l'avenir, tu l'as vu marié et sa femme heureuse ?

– Non pas précisément. Votre science est parfois en défaut.

– Alors, que diable as-tu vu ?

– Peu importe : je venais vous interroger et non me confesser. Est-il certain que M. Rochester va se marier ?

– Les apparences semblent justifier cette conclusion : ils formeront un couple parfaitement heureux (bien qu'avec une audace qui mériterait une correction tu sembles en douter). Il ne peut qu'aimer cette femme noble, belle, spirituelle, accomplie ; quant à elle, il est probable qu'elle aime M. Rochester, ou du moins son argent. Quoique (Dieu me pardonne !) je lui aie dit tout à l'heure à ce propos une chose qui l'a rendue prodigieusement grave : les coins de sa bouche sont tombés d'un demi-pouce. Je conseillerai à son triste adorateur de prendre garde : si un autre se présente avec une fortune plus brillante et moins hypothéquée, c'en est fait de lui.

– Je ne suis pas venue pour connaître l'avenir de M. Rochester, mais le mien, et vous ne m'en avez encore rien dit.

– Ta destinée est douteuse : quand j'examine ton visage, un trait en contredit un autre. Les yeux sont favorables. La bouche est faite pour parler beaucoup, sourire souvent, et avoir une affection humaine pour son interlocuteur. La bouche aussi est propice. Dans le front seulement, je vois un ennemi de l'heureuse destinée. Ce front a l'air de dire : «Je peux vivre seule, si ma dignité et les circonstances l'exigent. Je n'ai nul besoin de vendre mon âme pour acheter le bonheur. Ma raison est ferme et tient les rênes, elle ne laissera pas les sentiments la précipiter dans de dangereux abîmes.» Jusqu'ici, je me suis entièrement dominé. J'ai agi comme je m'étais juré de le faire, mais, si je continuais, l'épreuve pourrait être au-dessus de mes forces. Debout, mademoiselle Eyre : laissez-moi ; la comédie est finie.

Avais-je rêvé ? La voix de la vieille femme avait changé : son accent, ses gestes, m'étaient aussi familiers que mon propre visage dans le miroir.

– Eh bien, Jane, me reconnaissez-vous ? demanda la voix familière.

Et M. Rochester émergea de son déguisement.

– J'ai bien joué mon rôle, non ? Qu'en pensez-vous ?

– Je crois que vous avez cherché à me dérouter ; vous avez dit des absurdités pour m'en faire dire aussi. Ce n'est guère honnête, Monsieur.

– Me pardonnez-vous, Jane ?

– Je ne puis vous le dire avant d'y avoir réfléchi. Si, après réflexion, je constate que vous ne m'avez pas fait tomber dans de trop grandes sottises, j'essaierai de vous pardonner.

Je réfléchis à tout ce qui s'était passé et me rassurai. J'avais été sur mes gardes dès le début de l'entretien. Je soupçonnais une mascarade. Je savais que les bohémiennes et les diseuses de bonne aventure ne s'exprimaient pas comme cette prétendue vieille femme ; en outre, j'avais remarqué sa voix contrefaite, son soin à cacher ses traits. J'avais pensé à Grace Poole, cette énigme vivante, mais pas un instant je n'avais songé à M. Rochester.

– Eh bien, me dit-il, que signifie ce grave sourire ?

– Étonnement et satisfaction de soi, Monsieur. Oh ! savez-vous qu'un étranger est arrivé ici tantôt ?

– Un étranger ! Je n'attendais personne.

– Il s'appelle Mason, Monsieur ; il vient des Antilles, de la Jamaïque, je crois.

M. Rochester se tenait debout près de moi ; il m'avait pris la main, comme pour me conduire à une chaise. Lorsque j'eus fini de parler, il me serra convulsivement le poignet ; son sourire se figea sur ses lèvres.

– Mason ! les Antilles ! dit-il du ton d'un automate qui ne saurait prononcer qu'une seule phrase ; Mason ! les Antilles !

– Vous sentez-vous mal, Monsieur ?

Il chancela.

– Si tous ces gens se précipitaient vers moi pour m'insulter, que feriez-vous, Jane ?

– Je les chasserais, si je le pouvais, Monsieur.

– Et s'ils vous bannissaient pour m'être restée fidèle ?

– Peu m'importerait.

– Eh bien, retournez au salon ; allez tranquillement vers Mason et dites-lui tout bas que M. Rochester est arrivé et désire le voir : puis conduisez-le ici et laissez-nous.

Je fis ce qu'il m'avait demandé et, après avoir conduit M. Mason à M. Rochester, montai à l'étage. Il était tard et il y avait déjà un moment que j'étais couchée lorsque j'entendis les invités gagner leurs chambres ; je distinguai la voix de M. Rochester qui disait :

– Par ici, Mason ; voici votre chambre.

Il parlait gaiement, ce qui me rassura tout à fait, et je m'endormis bientôt.

CHAPITRE XX

J'avais oublié de fermer le rideau de mon lit. Lorsque la lune, qui était pleine et brillante, vint frapper ma fenêtre de ses rayons, leur éclat me réveilla. Je me levai à demi et tendis le bras pour fermer le rideau.

Grand Dieu ! Quel cri j'entendis alors !

Mon pouls s'arrêta ; mon cœur cessa de battre ; mon bras tendu se paralysa.

Le cri était parti du troisième. J'entendis une lutte, une lutte qui devait être terrible, à en juger par le bruit ; une voix à demi étouffée cria :

– Au secours ! Personne ne viendra-t-il ? Rochester ! Venez, pour l'amour de Dieu !

Une porte s'ouvrit : quelqu'un se précipita dans le corridor. J'entendis de nouveaux pas au-dessus de moi, quelque chose tomba, puis ce fut le silence.

Je m'étais habillée, bien que mes membres tremblassent d'effroi ; je sortis de ma chambre. Tous les dormeurs étaient debout ; les portes s'ouvrirent l'une après l'autre, et le corridor fut bientôt rempli. Les dames et les messieurs avaient quitté leurs lits. Ils couraient çà et là, se pressaient l'un contre l'autre : la confusion était générale.

La porte du corridor s'ouvrit, et M. Rochester s'avança avec une chandelle : il descendait de l'étage supérieur.

– Tout va bien ! cria-t-il. Une domestique a eu un cauchemar, voilà tout : elle a pris son rêve pour une apparition, ou quelque chose de ce genre, et a eu une crise de frayeur. Maintenant, retournez dans vos chambres. Messieurs, ayez la bonté de donner l'exemple aux dames.

Je n'attendis pas son ordre pour me retirer ;

j'étais sortie sans que personne me remarquât, je rentrai de même.

Mais je ne me recouchai pas : au contraire, j'achevai de m'habiller. Le bruit et les paroles qui avaient suivi le cri n'avaient probablement été entendus que de moi, car ils venaient de la chambre au-dessus de la mienne, et je savais bien que ce n'était pas le cauchemar d'une domestique qui avait jeté l'effroi dans toute la maison. Il me semblait qu'un événement devait suivre ce cri étrange, cette lutte et cet appel.

Non : le calme revint ; tous les murmures s'éteignirent graduellement et, au bout d'une heure, le manoir de Thornfield était redevenu silencieux comme un désert. La lune était au moment de disparaître quand une main frappa légèrement à ma porte. M. Rochester était dans le corridor, une bougie à la main.

– J'ai besoin de vous, dit-il. Ne faites pas de bruit.

Il parcourut le couloir, gravit l'escalier et s'arrêta sur le palier du lugubre et obscur troisième étage : l'ayant suivi, je me tenais à côté de lui. S'approchant de l'une des petites portes, il me dit :

– Vous ne vous trouvez pas mal à la vue du sang ?

– Je ne pense pas, répondis-je, mais je n'ai encore jamais essayé.

– Donnez-moi votre main, dit-il ; je ne peux courir le risque de vous voir vous évanouir.

Je mis mes doigts dans les siens. Il tourna la clef dans la serrure et ouvrit la porte.

Je me rappelai avoir vu cette chambre le jour où Mme Fairfax m'avait montré la maison : une tapisserie y était tendue ; mais, à présent, un coin en était soulevé, révélant une porte cachée. Cette porte était ouverte ; de la pièce, j'entendis sortir un son hargneux, un grognement presque pareil à celui d'un chien. M. Rochester ferma la porte.

Il me fit passer de l'autre côté d'un grand lit dont les rideaux fermés cachaient une bonne partie de la chambre. Un fauteuil se trouvait à la tête du lit : un homme y était assis. M. Rochester approcha la chandelle et, dans cette figure pâle et apparemment inanimée, je reconnus l'étranger, Mason. Je vis également que le côté et la manche de sa chemise étaient presque imbibés de sang.

– Tenez la bougie, me dit M. Rochester.

Il alla chercher sur la table de toilette une cuvette remplie d'eau.

– Tenez-moi ça, dit-il.

Il prit alors une éponge, la plongea dans l'eau et humecta le visage cadavérique ; il me demanda des sels et les fit respirer à M. Mason. Ouvrant bientôt les yeux, celui-ci gémit. M. Rochester ouvrit la chemise du blessé et épongea le sang qui coulait rapidement.

– Y a-t-il un danger immédiat? murmura M. Mason.

– Bah! une simple égratignure. Ne soyez pas si abattu: du courage, voyons! Je vais vous chercher moi-même un médecin: j'espère que vous pourrez partir demain matin. Jane, continua-t-il, je vais devoir vous laisser ici une heure ou deux: vous épongerez le sang comme vous me l'avez vu faire. Vous ne lui parlerez sous aucun prétexte, et vous, Richard, si vous lui parlez, ce sera au péril de votre vie.

Le pauvre homme fit de nouveau entendre une plainte; on eût dit qu'il n'osait pas remuer. La peur, de la mort ou d'autre chose, semblait presque le paralyser. M. Rochester me mit l'éponge sanglante dans la main, et j'entrepris d'en faire le même usage que lui. Il dit:

– Et rappelez-vous: pas un mot!

Puis il quitta la chambre. J'éprouvai une étrange sensation lorsque la clef grinça dans la serrure et que je n'entendis plus le bruit de ses pas qui s'éloignaient.

J'étais donc au troisième étage, enfermée dans l'une de ses mystérieuses cellules, la nuit, avec sous les yeux le spectacle d'un homme pâle et ensanglanté; et la meurtrière était séparée de moi par une simple porte: je tremblais à la pensée de voir Grace Poole se précipiter sur moi.

Quel était ce mystère qui se manifestait tantôt

par le feu, tantôt par le sang, aux heures les plus sombres de la nuit ? Quelle était cette créature qui, camouflée sous la forme d'une femme ordinaire, prenait la voix d'un démon railleur, ou faisait entendre le cri d'un oiseau de proie à la recherche d'une charogne ?

Et cet homme sur lequel j'étais penchée, comment se trouvait-il mêlé à ce tissu d'horreurs ? Pourquoi la furie s'en était-elle prise à lui ? Pourquoi était-il venu dans cette partie de la maison ? Pourquoi se soumettait-il si volontiers au silence imposé par M. Rochester ? Et, surtout, pourquoi M. Rochester l'imposait-il ?

La nuit se traînait, interminable, et mon patient continuait à saigner, geindre et s'affaiblir.

Enfin, la chandelle mourut ; au moment où elle s'éteignit, j'aperçus sous les rideaux de la fenêtre des rais de lumière grisâtre : l'aube approchait. Au même instant, j'entendis Pilote aboyer en bas : l'espoir revint.

Cinq minutes après, M. Rochester entrait avec le médecin.

– Maintenant, Carter, dépêchez-vous, dit-il à ce dernier. Je vous donne une demi-heure pour nettoyer la blessure, poser les bandages et descendre le malade.

– Je crois qu'elle m'a tué, dit faiblement M. Mason.

– Pas le moins du monde ! Courage ! C'est à

peine si vous vous en ressentirez dans quinze jours. Carter, assurez-lui qu'il n'y a aucun danger.

– Je puis le faire en toute conscience, dit Carter ; seulement, si j'avais été ici plus tôt, il n'aurait pas perdu tant de sang. Mais qu'est-ce que ceci ? La chair de l'épaule est déchirée, et pas seulement tailladée. Cette blessure n'a pas été faite avec un couteau : il y a eu des dents là !

– Elle m'a mordu comme une tigresse quand Rochester lui a arraché le couteau des mains, murmura Mason.

– Je vous avais prévenu, lui répondit son ami. Je vous avais dit de vous tenir sur vos gardes. En outre, vous auriez pu attendre demain, que je sois avec vous : c'était pure folie que de tenter une entrevue la nuit et seul.

– Elle suçait le sang, dit Mason ; elle disait vouloir me vider le cœur.

Je vis M. Rochester frissonner : une violente expression de dégoût, d'horreur et de haine, contracta son visage, mais il se contenta de dire :

– Taisez-vous, Richard ; oubliez ces balivernes et n'en parlez jamais. Carter en a fini avec vous ; dans un instant vous serez présentable. Jane (pour la première fois depuis son retour, il se tourna vers moi), allez dans ma chambre, prenez-y une chemise et un foulard propres et apportez-les.

Je partis, trouvai les articles demandés et les rapportai.

Une fois habillé, M. Mason me parut encore bien pâle, mais il n'était plus souillé de sang. M. Rochester le prit par le bras.

– Carter, soutenez-le sous l'autre bras. Jane, descendez avant nous et dites au cocher que vous trouverez dehors de se tenir prêt ; si quelqu'un est déjà debout, revenez au bas de l'escalier et toussez un peu.

Il était cinq heures et demie, et le soleil allait se lever. Dehors, je vis une chaise de poste et le cocher assis sur son siège. Je m'approchai et lui dis que les messieurs allaient venir ; puis je regardai autour de moi et écoutai attentivement. L'aurore répandait son calme partout ; de petits oiseaux commençaient à gazouiller dans les arbres en fleurs du verger ; de temps en temps, les chevaux frappaient du sabot dans les écuries : tout le reste était tranquille.

Les messieurs parurent. Mason, soutenu par M. Rochester et le médecin, semblait marcher assez facilement : ils l'aidèrent à monter dans la voiture, et Carter y entra également.

– Prenez soin de lui, dit M. Rochester à ce dernier ; gardez-le chez vous jusqu'à ce qu'il soit tout à fait bien : j'irai dans un ou deux jours prendre de ses nouvelles.

Puis il ferma la portière, et la voiture s'éloigna.

Cela fait, il se dirigea lentement et d'un air absent vers une porte donnant dans le verger.

Supposant qu'il n'avait plus besoin de moi, j'allais rentrer, lorsque je l'entendis m'appeler. Il avait ouvert la porte et m'attendait.

– Venez respirer l'air frais quelques instants, dit-il. Vous avez passé une nuit étrange, Jane. Avez-vous eu peur quand je vous ai laissée seule avec Mason ?

– J'avais peur de voir sortir quelqu'un de la chambre du fond.

– Mais j'avais fermé la porte, et j'avais la clef dans ma poche : j'aurais été un berger bien négligent si j'avais laissé une brebis, ma brebis favorite, à la portée du loup ; vous étiez en sécurité.

– Grace Poole continuera-t-elle à vivre ici, Monsieur ? Il me semble que votre vie n'est pas en sûreté tant qu'elle demeure ici.

– Ne craignez rien, je serai prudent.

– Le danger que vous craigniez hier soir est-il passé maintenant, Monsieur ?

– Je ne peux en être sûr tant que Mason sera en Angleterre, ni même lorsqu'il sera parti. Vivre, pour moi, c'est me tenir sur le cratère d'un volcan qui peut à tout moment entrer en éruption.

– Mais M. Mason semble facile à mener : jamais il ne vous bravera ni ne vous nuira volontairement.

– Oh non ! Mais, sans le vouloir, il peut, par un mot imprudent, me priver, sinon de la vie, du moins du bonheur.

CHAPITRE XXI

L'après-midi du lendemain, on vint m'avertir que quelqu'un m'attendait dans le petit salon de Mme Fairfax. J'y trouvai un homme qui me parut un domestique de bonne maison : il était en grand deuil, et le chapeau qu'il tenait à la main était entouré d'un crêpe.

– Je pense que vous avez de la peine à me remettre, mademoiselle, dit-il en se levant. J'étais cocher chez Mme Reed lorsque vous habitiez Gateshead et je demeure toujours au château.

– Oh, Robert ! comment vous portez-vous ? Et comment va-t-on au château ? J'espère que personne n'est mort, ajoutai-je en jetant un coup d'œil sur ses vêtements noirs.

Il baissa lui-même les yeux sur le crêpe qui entourait son chapeau et répondit :

– Il y a eu hier huit jours, M. John est mort dans son appartement de Londres. Il y a trois semaines, il est venu demander à Madame de lui remettre tous ses biens. Madame a refusé : sa fortune était déjà bien réduite par les extravagances de son fils ; il est donc reparti et, peu après, on a appris sa mort. Il paraît qu'il s'est tué.

Je demeurai silencieuse, tant cette nouvelle était terrible. Robert continua :

– Madame elle-même a été bien malade : la perte de sa fortune et la crainte de la pauvreté l'avaient brisée. La nouvelle de la mort de M. John lui a fait faire une attaque. Elle est restée trois jours sans parler. Mais, hier matin, Bessie l'a entendue prononcer votre nom: «Allez chercher Jane Eyre, je veux lui parler.» J'ai quitté Gateshead hier, et si vous pouviez être prête, mademoiselle, je voudrais vous emmener demain matin de bonne heure.

– Oui, Robert, je serai prête.

– Mais je suppose qu'avant de partir il vous faut demander un congé?

– Oui, et je vais le faire tout de suite.

Après l'avoir conduit à l'office et recommandé à la femme de John, j'allai à la recherche de M. Rochester.

Mme Fairfax me dit qu'il jouait au billard avec Mlle Ingram. Il me fallut un peu de courage pour déranger leur partie, mais je ne pouvais différer ma requête; aussi, m'approchai-je de Monsieur. Mlle Ingram se retourna et me regarda dédaigneusement.

– Cette personne a-t-elle besoin de vous? demanda-t-elle à M. Rochester.

Il fit une curieuse grimace, jeta sa queue de billard et sortit de la pièce avec moi.

– Eh bien, Jane? dit-il en s'appuyant le dos contre la porte qu'il venait de fermer.

– Je vous demanderai, Monsieur, de bien vouloir m'accorder un congé d'une ou deux semaines pour aller voir une dame malade qui m'a envoyé chercher.

– Quelle dame malade ? Où demeure-t-elle ?

– À Gateshead.

– Mais c'est à cent milles d'ici ! Qui vous accompagne ? Vous n'allez pas faire ce long voyage seule.

– Non, Monsieur, elle a envoyé son cocher.

M. Rochester réfléchit.

– Quand désirez-vous partir ? demanda-t-il.

– Demain matin de bonne heure. Monsieur Rochester, je voudrais vous parler d'une autre affaire, puisque j'en ai l'occasion maintenant.

– Une affaire ? Je suis curieux d'entendre ça.

– Vous allez bientôt vous marier, et il faudra qu'Adèle aille en pension : je suis convaincue que vous en sentirez vous-même la nécessité.

– Pour l'éloigner du chemin de ma femme, qui, sans cela, pourrait marcher trop impérieusement sur elle ? Sans doute, vous avez raison, il faudra mettre Adèle en pension ; et vous, bien sûr, vous irez tout droit... au diable ?

– J'espère que non, Monsieur, mais il faudra que je cherche une autre place.

– Promettez-moi de vous en rapporter à moi pour votre situation : je vous en trouverai une en temps voulu.

– Je le ferai avec plaisir, Monsieur, si, à votre tour, vous me promettez qu'Adèle et moi nous serons en sûreté hors de la maison avant que votre femme y entre.

– Très bien! très bien! Je vous le promets. Vous partez demain, n'est-ce pas? Alors il nous faut nous dire adieu pour quelque temps. Comment se pratique cette cérémonie de la séparation, Jane? Apprenez-le-moi, je ne sais pas bien.

– On dit «adieu», ou autre chose, si l'on préfère.

– Cela me semble mesquin, sec et peu amical. Je préférerais autre chose: une petite addition au rite ordinaire. Par exemple, une poignée de main; mais non, cela ne me suffirait pas non plus.

La cloche du dîner sonna, et il disparut tout à coup sans ajouter une syllabe: je ne le vis pas pendant le reste de la journée et, le lendemain, partis avant qu'il fût levé.

J'arrivai à Gateshead vers cinq heures du soir, le 1er mai.

– Dieu vous bénisse! Je savais bien que vous viendriez! s'écria Bessie en me voyant entrer.

– Oui, Bessie, dis-je après l'avoir embrassée. J'espère ne pas arriver trop tard. Comment va Mme Reed? Elle vit encore, j'espère?

– Oui, elle vit. Le docteur dit qu'elle peut encore traîner une semaine ou deux, mais il ne pense pas qu'elle s'en remette. Elle parlait de vous ce matin et désirait vous voir arriver. Vous irez d'abord dans la salle à manger, ajouta Bessie; les jeunes demoiselles doivent y être.

Un instant plus tard, j'y étais.

Je vis devant moi deux jeunes dames; l'une très grande, presque aussi grande que Mlle Ingram, très mince aussi, le visage cireux et sévère. Il y avait quelque chose d'ascétique dans son allure. Elle portait un chapelet d'ébène et un crucifix. J'étais sûre que c'était Eliza, quoique ce visage allongé et décoloré ressemblât bien peu à celui que j'avais connu.

L'autre était certainement Georgiana, mais pas la petite fée de onze ans que je me rappelais svelte et gracieuse. C'était une jeune fille fort rondelette, jolie poupée de cire aux traits beaux et réguliers, aux yeux bleus languissants et aux boucles blondes.

Lorsque j'entrai, les deux demoiselles se levèrent pour m'accueillir et m'appelèrent toutes deux « Mademoiselle Eyre ». Le bonjour d'Eliza fut court et sec, sans un sourire; elle se rassit et, fixant les yeux sur le feu, parut m'oublier. Georgiana ajouta à son « Comment allez-vous ? » quelques lieux communs sur mon voyage, le temps, etc., accompagnés de regards en coin qui m'examinaient des pieds à la tête.

Je retirai mon chapeau et mes gants tranquillement et sans y être invitée, puis dis que j'allais chercher Bessie et la prier de s'informer si Mme Reed pouvait me recevoir ce soir.

– Madame est réveillée, me dit Bessie. Suivez-moi, et nous verrons si elle vous reconnaîtra.

Je n'avais pas besoin qu'on me montrât le chemin de cette chambre où jadis j'avais été si souvent appelée, soit pour être châtiée, soit pour être réprimandée. Je précédai Bessie et ouvris doucement la porte. Je jetai les yeux dans un coin, comptant presque y voir se dessiner le martinet jadis redouté qui, pendu au mur, semblait guetter le moment de frapper mes mains tremblantes ou ma nuque contractée. Je tirai les rideaux du lit et me penchai sur la pile des oreillers.

Mme Reed avait toujours le même visage sombre et impitoyable ; je revis ces yeux que rien ne pouvait adoucir, ces sourcils arqués, impérieux et despotiques. Que de fois, en me regardant, ils avaient exprimé la menace et la haine ! Pourtant, me baissant vers elle, je l'embrassai.

Je pris sa main qui était posée sur le drap : si, à ce moment, elle avait pressé la mienne avec affection, j'en aurais été sincèrement heureuse. Mais les natures froides ne sont pas si facilement adoucies, ni les antipathies naturelles si vite détruites. Mme Reed retira sa main. Elle me regarda froidement, et je compris que ses sentiments pour moi n'avaient pas changé et ne changeraient jamais.

– Qui est là ? Cette figure, ces yeux, ce front me sont familiers : vous ressemblez… à Jane Eyre !

Je l'assurai doucement que j'étais bien celle qu'elle pensait reconnaître et désirait voir.

– Il vaut mieux que je délivre mon esprit avant de mourir : dans l'état où je suis, on trouve lourd ce qui semble léger lorsqu'on se porte bien… Ouvre ma toilette, ajouta-t-elle, et apporte la lettre que tu y verras.

Je lui obéis.

– Lis-la maintenant, dit-elle.

La lettre était brève et ainsi conçue :

« *Madame, voudriez-vous avoir la bonté de m'envoyer l'adresse de ma nièce Jane Eyre, et de me dire comment elle se porte ? Mon intention est de lui écrire prochainement pour la prier de venir à Madère. La Providence a béni mes efforts, j'ai pu amasser du bien et, n'ayant ni femme ni enfant, je voudrais l'adopter pendant ma vie et, à ma mort, lui laisser ce que je possède.*

« *Je suis, madame, etc.*

« *John Eyre, Madère.* »

La lettre datait de trois ans.

– Pourquoi n'ai-je jamais entendu parler de cela ? demandai-je.

– Parce que je te détestais trop profondément pour prêter la main à ta prospérité. Je ne pouvais pas oublier ta conduite à mon égard, Jane, la fureur avec laquelle tu t'es un jour tournée contre moi, le ton sur lequel tu m'as déclaré me détester plus que personne au monde. Je me suis vengée: l'idée de te voir adoptée par ton oncle et vivant dans l'aisance m'était intolérable. Je lui ai écrit et lui ai dit que Jane Eyre était morte du typhus à Lowood. Maintenant, fais ce que tu voudras: écris pour contredire mes affirmations, expose mon mensonge. Je crois que tu es née pour être mon tourment: ma dernière heure est empoisonnée par le souvenir d'un acte que, sans toi, je n'aurais jamais été tentée de commettre.

– Si vous pouviez ne plus y penser, ma tante, et me regarder avec tendresse et indulgence.

J'approchai ma joue de ses lèvres: elle ne la toucha pas. Je posai la main sur sa main moite et glaciale: ses doigts faibles voulurent échapper à mon contact, ses yeux vitreux éviter mon regard.

– Aimez-moi ou haïssez-moi, à votre guise, dis-je enfin. Vous avez mon plein et libre pardon: demandez celui de Dieu et soyez en paix.

Pauvre femme malade! vivante, elle m'avait haïe – mourante, elle devait me haïr encore.

Je restai encore une demi-heure, espérant découvrir chez Mme Reed quelque marque d'affection, mais elle n'en donna aucune. Elle retomba dans son engourdissement et mourut la nuit même, à minuit. Je n'étais pas là pour lui fermer les yeux, et ses filles non plus.

CHAPITRE XXII

Je retournai à Thornfield, mais pour combien de temps ? J'avais reçu une lettre de Mme Fairfax. Elle m'apprenait que les invités avaient quitté le manoir ; quant à M. Rochester, il était à Londres et devait rentrer dans une quinzaine de jours. Elle présumait qu'il était allé faire des préparatifs pour son mariage.

Je n'avais pas écrit à Mme Fairfax le jour exact de mon arrivée, car je ne voulais pas qu'on envoie une voiture pour moi à Millcote. J'avais l'intention de faire tranquillement et seule ce petit trajet ; et, après avoir laissé ma malle aux soins du valet d'écurie, je quittai l'*Auberge du roi George* à six heures, un soir du mois de juin, et pris la vieille route qui conduisait à Thornfield.

On fait les foins dans les prés de Thornfield ou, plutôt, les paysans retournent chez eux, le râteau sur l'épaule, à l'heure où j'arrive. Il ne me reste plus qu'un ou deux champs et la route à traverser avant d'atteindre les portes du manoir. J'aperçois l'étroit échalier et les marches de pierre. M. Rochester est assis là, un livre et un crayon à la main ; il est en train d'écrire.

– Holà ! s'écrie-t-il en posant son livre et son crayon. Vous êtes venue à pied de Millcote ? Voilà encore un tour digne de vous : errer seule à la nuit tombante près de votre demeure, comme une ombre ou un songe. Petite vagabonde, ajouta-t-il après s'être tu un instant, vous avez été loin de moi pendant tout un mois, et vous m'avez oublié, j'en jurerais !

Ses dernières paroles me furent un baume : elles semblaient signifier qu'il ne lui était pas indifférent de se voir oublié par moi. Et il avait appelé Thornfield « ma demeure » – hélas, je l'aurais bien désiré !

Il me sourit d'un de ces sourires que lui seul possédait et dont il n'usait que dans de rares occasions : c'était le brillant soleil du sentiment et, en me regardant, il jeta sur moi cet éclatant rayon.

– Rentrez à la maison, Jane, et arrêtez votre petit pied errant et fatigué sur le seuil d'un ami.

Quinze jours d'un calme incertain suivirent mon retour au manoir de Thornfield. On ne parlait plus du mariage de Monsieur, et je ne voyais aucun préparatif se faire.

Il y avait encore une chose qui m'étonnait beaucoup : M. Rochester ne se rendait jamais à Ingram Park. Je commençai à me bercer d'espérances : le mariage était brisé, la rumeur publique s'était trompée, l'un des partis, voire les deux, avaient changé d'avis. J'avais l'habitude d'examiner le visage de mon maître pour voir s'il était irrité ou triste ; mais jamais je ne l'avais vu aussi dégagé de nuages et de mauvais sentiments. Jamais il ne m'avait fait venir si souvent en sa présence, jamais il n'avait été aussi aimable avec moi – et, hélas ! jamais je ne l'avais tant aimé.

CHAPITRE XXIII

Un splendide été brillait sur l'Angleterre. On aurait dit que les belles journées d'Italie venaient de quitter le Midi, comme de brillants oiseaux de passage, pour s'arrêter quelque temps sur les falaises d'Albion.

Un soir, Adèle, fatiguée d'avoir cueilli des fraises des bois la moitié de la journée, s'était couchée avec le soleil. Quand je la vis endormie, je la quittai pour me rendre dans le jardin. C'était alors l'heure la plus agréable de la journée.

Je me dirigeai vers le verger. C'était un lieu abrité et semblable à un Éden, plein d'arbres et de fleurs. Au fond, une clôture effondrée le séparait seule des champs déserts : une allée tortueuse, bordée de lauriers et terminée par un gigantesque marronnier d'Inde au tronc entouré d'un banc, y conduisait.

M. Rochester m'y suivit. Après être entrés dans l'allée de lauriers, nous nous dirigeâmes vers la barrière et le marronnier d'Inde, et il me dit :

– Vous avez dû vous attacher à cette maison, vous qui remarquez les beautés de la nature ?

– En effet, je m'y suis attachée.

– C'est malheureux ! dit-il en soupirant. Il en est toujours ainsi dans la vie : à peine est-on installé dans un lieu agréable qu'une voix nous ordonne de nous lever et de partir, car l'heure du repos est expirée.

– Dois-je partir, Monsieur ? demandai-je. Dois-je quitter Thornfield ?

– Je crois que oui, Jane. J'en suis fâché, mais je crois qu'il le faut.

C'était un rude coup, mais je ne le laissai pas m'abattre.

– Alors, vous allez vraiment vous marier, Monsieur ?

– Très bientôt, ma... je veux dire mademoiselle Eyre. Vous avez été la première à me dire que, dans le cas où j'épouserais Mlle Ingram, vous et la petite Adèle feriez mieux de vous retirer. Je passe sur le blâme implicite jeté sur ma bien-aimée par cet avis pour ne me souvenir que de la sagesse du conseil. Il faut qu'Adèle aille dans une école, et vous, mademoiselle Eyre, il vous faut trouver une autre place. Nous avons été amis, Jane, n'est-ce pas ?

– Oui, Monsieur.

– Lorsque des amis sont à la veille de se séparer, ils aiment à passer l'un près de l'autre le peu de temps qui leur reste. Tenez, voici le marronnier et le banc sur ses vieilles racines. Allons nous y asseoir tranquillement.

Il me fit asseoir et s'approcha de moi.

– Jane, entendez-vous le rossignol chanter dans le bois ? Écoutez !

En écoutant, je sanglotais convulsivement, car je ne pouvais plus réprimer mes sentiments. Quand je parlai, ce ne fut que pour exprimer le violent regret d'être née et d'être jamais venue à Thornfield.

– Parce que vous êtes fâchée de le quitter ? demanda M. Rochester.

– Oui, je suis triste de quitter Thornfield, dis-je ; j'aime Thornfield : je l'aime parce que j'y ai vécu une vie délicieuse – pour un temps, du moins. Je n'ai pas été foulée aux pieds. Je n'y ai pas été exclue de ce qui est beau, fort et élevé. Je vous ai connu, monsieur Rochester, et je suis frappée de terreur et d'angoisse en pensant qu'il me faut m'arracher à vous pour toujours. Je vois la nécessité du départ comme je vois la nécessité de mourir.

– Où voyez-vous la nécessité de partir ? demanda-t-il soudain.

– Je dois partir : vous l'avez dit vous-même.

– Non, vous devez rester ! Je le jure – et je tiendrai serment.

– Je vous dis qu'il me faut partir ! Croyez-vous

que je puisse rester et n'être rien pour vous? Croyez-vous que je sois un automate? une machine qui ne sent rien? Croyez-vous que, parce que je suis pauvre, obscure, laide et petite, je n'aie ni âme ni cœur? Mon esprit s'adresse à votre esprit, comme si tous deux, après avoir passé par la tombe, nous tenions aux pieds de Dieu, en égaux – comme nous le sommes!

– Comme nous les sommes! répéta M. Rochester; puis il ajouta, en me serrant dans ses bras et en pressant ses lèvres contre les miennes: Je vous offre ma main, mon cœur et la moitié de tous mes biens. Jane, c'est vous que je veux épouser.

Je restai silencieuse: je croyais qu'il se moquait de moi.

– Vous doutez de moi, Jane?

– Entièrement.

– Suis-je un menteur à vos yeux? demanda-t-il avec passion. Petite incrédule, vous allez être convaincue. Ai-je de l'amour pour Mlle Ingram? Non, et vous le savez. A-t-elle de l'amour pour moi? Non, j'en ai la preuve: j'ai fait courir le bruit que ma fortune n'était pas le tiers de ce qu'on la supposait; ensuite, je me suis présenté pour voir le résultat; elle et sa mère m'ont reçu très froidement. Je ne voudrais pas, je ne pourrais pas épouser Mlle Ingram. Vous, étrange créature presque irréelle, je vous aime comme ma propre chair. Vous, pauvre, petite, obscure et laide, je vous supplie de m'accepter comme mari.

– Parlez-vous sérieusement ? M'aimez-vous véritablement ? Désirez-vous sincèrement que je sois votre femme ?

– Oui, et si un serment est nécessaire pour vous satisfaire, je le jure.

– Alors, Monsieur, je vous épouserai.

– Venez à moi – venez tout entière à moi, dit-il ; puis il ajouta tout bas : Faites mon bonheur, et je ferai le vôtre. Et que les hommes ne viennent pas s'en mêler : je l'ai et je la garderai.

Si je l'avais moins aimé, j'aurais remarqué dans son regard et dans sa voix une sauvage exaltation ; mais, assise près de lui, sortie du cauchemar de la séparation, appelée à une union de paradis, je ne pouvais penser qu'au bonheur qui venait de m'être si libéralement accordé.

La lune n'était pas encore levée, pourtant nous étions dans l'obscurité. Le vent se mit à rugir dans l'allée de lauriers.

– Il faut rentrer, dit M. Rochester, le temps change. Je serais resté ainsi avec toi jusqu'au matin, Jane.

« Moi aussi », pensai-je, et je l'aurais peut-être dit si un éclair livide n'était venu déchirer le nuage que je regardais. Je ne songeai qu'à cacher mes yeux éblouis contre l'épaule de M. Rochester.

La pluie tombait à verse. Il me fit rapidement remonter l'allée, le parc, et entrer dans la maison. Il me retirait mon châle et secouait l'eau qui coulait de mes cheveux dénoués quand Mme Fairfax sortit de son petit salon. Il m'embrassa à plusieurs reprises. Lorsque je levai les yeux, quittant ses bras, je vis la veuve pâle, grave, stupéfaite. Une fois dans ma chambre, je fus attristée à l'idée qu'elle pût, fût-ce un instant, se méprendre sur ce qu'elle avait vu. Mais la joie effaça vite tout autre sentiment; et, malgré les grondements du tonnerre et la fréquence des éclairs, je n'éprouvai aucun effroi. Trois fois M. Rochester vint frapper à ma porte pour voir si j'étais tranquille: c'était assez pour me donner une force et un calme à toute épreuve.

Le lendemain matin, la petite Adèle accourut dans ma chambre pour me dire que le grand marronnier au fond du verger avait été frappé par la foudre et fendu en deux.

CHAPITRE XXIV

Tout en m'habillant, je repensai aux événements de la veille et me demandai si ce n'était pas un rêve.

En me peignant, je me regardai dans la glace et m'aperçus que je n'étais plus laide: mon visage était plein de vie et d'espérance, mes yeux semblaient avoir contemplé une fontaine de joie et emprunté leur éclat à ses ondes transparentes.

Quand je descendis dans le vestibule, je ne fus pas surprise de voir qu'une belle matinée de juin avait succédé à la tempête de la veille, et de sentir, par la porte ouverte, le souffle d'une brise fraîche et parfumée. La nature devait être joyeuse ; j'étais si heureuse.

Je rencontrai Adèle qui sortait de la salle d'étude.

– Où allez-vous ? lui demandai-je. C'est l'heure des leçons.

– M. Rochester m'envoie dans ma chambre.

– Où est-il ?

– Là, me répondit-elle en indiquant la pièce qu'elle venait de quitter.

J'entrai et l'y trouvai, en effet.

– Venez me dire bonjour, dit-il.

J'avançai joyeusement ; cette fois, ce n'était pas une parole froide, ni même une poignée de main qui m'attendait, mais un baiser. Je le trouvai naturel : il me semblait doux d'être ainsi aimée et caressée par lui.

– Jane, vous êtes fraîche, souriante et jolie, dit-il ; oui, vraiment jolie. Est-ce là mon pâle petit elfe ?

– Oui, Monsieur, c'est Jane Eyre.

– Qui sera bientôt Jane Rochester, ajouta-t-il ;

dans quatre semaines, Jane, pas un jour de plus. Entendez-vous ? Maintenant, demandez-moi quelque chose, Jane, la moindre chose. Je désire être prié…

– Eh bien, Monsieur, ayez la bonté de satisfaire ma curiosité sur un point.

Il se troubla.

– Comment ? dit-il vivement. La curiosité est chose dangereuse : heureusement, je n'ai pas juré de vous répondre.

– Il n'y a aucun danger à me répondre, Monsieur. Voici ce que j'avais à vous demander : pourquoi avez-vous pris tant de peine à me persuader que vous vouliez épouser Mlle Ingram ?

– Est-ce tout ? Dieu soit loué !

Son front se dérida, il me regarda en souriant, me caressa les cheveux et parut heureux comme s'il venait d'éviter un péril.

– Je puis vous faire ma confession, Jane, dit-il, bien que je risque un peu de vous indigner. Eh bien, j'ai fait la cour à Mlle Ingram pour vous rendre aussi follement amoureuse de moi que je l'étais de vous ; je savais que, pour atteindre ce but, la jalousie serait ma meilleure alliée.

– Parfait ! Vous voilà tout petit – pas plus grand que le bout de mon petit doigt. C'était une honte et un scandale d'agir ainsi. Les sentiments de Mlle Ingram n'étaient donc rien à vos yeux ?

– Ses sentiments se réduisent à un seul :

l'orgueil ; et il est bon qu'il soit humilié. L'idée que je sois insolvable a refroidi, ou plutôt a éteint, sa flamme en un instant.

– Votre esprit forme de curieux desseins, monsieur Rochester. Je crains que, sur certains points, vos principes ne soient excentriques.

– Jamais personne ne leur a donné une bonne direction, Jane : ils ont bien pu s'égarer un peu.

Je pressai mes lèvres contre sa main. Je l'aimais beaucoup, plus que je ne voulais me l'avouer, plus que ne peuvent l'exprimer des mots.

– Demandez-moi encore quelque chose, me dit-il ; c'est ma joie que d'être prié et de céder.

J'avais une autre pétition toute prête.

– Communiquez vos intentions à Mme Fairfax, Monsieur, dis-je. Elle m'a vue hier soir dans le vestibule avec vous, et elle a été choquée. Donnez-lui quelques explications avant que je la revoie. Il me peine d'être mal jugée par une femme aussi excellente.

– Montez dans votre chambre et mettez votre chapeau, répondit-il. Je voudrais vous emmener ce matin à Millcote et, pendant que vous vous habillerez, j'éclairerai l'intelligence de la vieille dame.

Lorsque j'entendis M. Rochester quitter le petit salon de Mme Fairfax, je me hâtai d'y descendre. La vieille dame était à lire sa Bible, comme tous les matins ; elle avait posé ses lunettes sur le livre. Ses yeux, fixés sur le mur blanc, exprimaient la surprise d'un esprit tranquille qui vient d'apprendre une nouvelle extraordinaire. En me voyant, elle se leva, fit un effort pour sourire et voulut murmurer quelques mots de félicitations ; mais le sourire expira sur ses lèvres, et la phrase fut laissée inachevée.

– Je suis tellement stupéfaite, mademoiselle Eyre, dit-elle, que je ne sais quoi vous dire. Est-ce vraiment par amour qu'il veut vous épouser ?

Je fus si blessée par sa froideur et son scepticisme, que mes yeux se remplirent de larmes.

– Comment ? suis-je donc un monstre ? m'écriai-je. Est-il impossible que M. Rochester ait pour moi une affection sincère ?

– Non, vous êtes très bien, vous avez même gagné depuis quelque temps, et je crois que M. Rochester vous aime. Souvent, je me suis alarmée de sa préférence si marquée pour vous, et j'aurais désiré pouvoir vous mettre sur vos gardes. Croyez-moi, défiez-vous de vous-même autant que de lui. Les hommes dans sa position n'ont pas l'habitude d'épouser leurs gouvernantes.

La colère me gagnait ; par bonheur, Adèle entra en courant.

– Laissez-moi aller à Millcote avec vous ! cria-t-elle. M. Rochester ne le veut pas. Demandez-lui de me laisser venir, *mademoiselle.*

– Certainement, Adèle.

Et je me hâtai de sortir, heureuse d'échapper à ma rude conseillère. La voiture était prête, on l'amenait devant la maison ; mon maître arpentait le trottoir.

– Adèle peut nous accompagner, n'est-ce pas, Monsieur ? demandai-je.

– Désirez-vous vraiment que la petite vienne ?

– Beaucoup, Monsieur.

– Alors, va chercher ton chapeau et reviens aussi vite que l'éclair ! cria-t-il à Adèle.

Elle se hâta de lui obéir.

L'heure qu'on passa à Millcote me fut un peu pénible. M. Rochester m'obligea à me rendre dans un magasin de soieries pour choisir une demi-douzaine de robes. Je n'en avais nulle envie, mais il fallut obéir. Tout ce que purent faire mes supplications chuchotées fut de réduire à deux les six robes qu'il voulait m'acheter.

Je fus soulagée quand nous sortîmes du magasin de soieries : plus M. Rochester me donnait, plus j'avais les joues en feu et plus j'étais saisie d'ennui et d'humiliation. Lorsque, fiévreuse et fatiguée, je m'assis de nouveau dans la voiture, je me rappelai ce que les derniers événements m'avaient complètement fait oublier – la lettre de mon oncle John Eyre à Mme Reed, ainsi que son intention de m'adopter et de me léguer ses biens. « Ce serait un soulagement pour moi d'avoir quelque indépendance, si mince soit-elle, me dis-je. Je ne pourrai jamais supporter d'être habillée comme une poupée par M. Rochester. Dès que je serai rentrée, j'écrirai à mon oncle John et lui dirai que je vais me marier et avec qui : si je savais qu'un jour je pourrais augmenter la fortune de M. Rochester, je supporterais plus facilement qu'il m'entretienne aujourd'hui. » Un peu soulagée par ce projet (que je mis à exécution le jour même), je me hasardai à rencontrer le regard de mon amoureux et maître, qui cherchait toujours le mien.

– Vous rappelez-vous ce que vous m'avez dit de Céline Varens ? des diamants et des cachemires que vous lui avez donnés ? Je ne veux pas être votre Céline Varens anglaise. Je continuerai à être la gouvernante d'Adèle ; je gagnerai ainsi ma nourriture, mon logement et trente livres par an. Je subviendrai moi-même aux dépenses de ma toilette, et vous ne me donnerez rien, si ce n'est...

– Si ce n'est quoi ?

– Votre estime ; et si je vous donne la mienne en retour, nous serons quittes. Je désire continuer mes anciennes habitudes pendant un mois encore. Je resterai loin de vous tout le jour, comme je l'ai fait jusqu'ici : vous pourrez m'envoyer chercher le soir, quand vous désirerez me voir, et alors je viendrai, mais à aucun autre moment.

– Écoutez ; c'est votre tour, petit tyran, mais

ce sera bientôt le mien, et quand je me serai emparé de vous, je vous attacherai – au figuré – à une chaîne comme celle-ci, dit-il en touchant celle de sa montre. Oui, chère enfant, je vous porterai bien près de mon cœur, de peur de perdre mon plus précieux bijou.

CHAPITRE XXV

Le mois des fiançailles s'était écoulé.

Ce n'était pas seulement l'activité des préparatifs qui me rendait fiévreuse, pas seulement l'attente du grand changement – la vie nouvelle qui demain allait commencer pour moi.

Mon cœur était tourmenté par une étrange et douloureuse idée. Il m'était arrivé une chose que je ne pouvais comprendre : elle s'était produite la nuit précédente. Ce jour-là, M. Rochester s'était absenté, il n'était pas encore rentré. J'attendais son retour, impatiente de soulager mon esprit et d'obtenir de lui la solution à l'énigme qui m'intriguait. Lecteur, attendez avec moi, et vous aurez part à ma confidence, quand je lui révélerai mon secret.

Je me dirigeai du côté du verger.

Après avoir descendu l'allée de lauriers, je me trouvai face au marronnier frappé par la foudre. Son tronc fendu était béant. Les deux moitiés de l'arbre n'étaient pas totalement séparées l'une de l'autre, la base vigoureuse et les fortes racines les unissaient encore; mais la vie était détruite, la sève ne pouvait plus couler. De chaque côté, les grandes branches étaient mortes, et les prochaines tempêtes d'hiver ne devaient pas laisser l'arbre debout. Mais, pour le moment, ces deux morceaux semblaient encore former un tout – c'était une ruine, mais une ruine entière.

La lune éclaira la fissure qui les séparait; son disque était d'un rouge sang et à moitié voilé par les nuages; elle sembla me jeter un regard sauvage et terrible, puis se cacha instantanément derrière les nuages.

J'entendis le pas d'un cheval; un cavalier arrivait au grand galop. Je courus à sa rencontre.

– Ah! s'écria-t-il en me tendant la main et en se penchant sur sa selle. Vous ne pouvez pas vous passer de moi, c'est évident. Mettez le pied sur la pointe de ma botte, donnez-moi vos deux mains et montez!

J'obéis, la joie me rendait agile: je sautai devant lui. Il s'écria:

– Y a-t-il quelque chose, Jane, pour que vous veniez au-devant de moi à pareille heure? Y a-t-il quelque mauvaise nouvelle?

– Non: maintenant, je ne suis plus ni effrayée ni malheureuse.

– Vous l'avez été?

– Un peu, mais je vous raconterai cela plus tard, Monsieur, et je suis persuadée que vous rirez de mon inquiétude. Nous voici arrivés : maintenant, laissez-moi descendre.

Il me déposa à terre. John vint prendre le cheval, et M. Rochester me suivit dans la maison.

– Prenez un siège et tenez-moi compagnie, Jane. Tous vos préparatifs sont-ils achevés ?

– Tous, Monsieur.

– Les miens aussi. Nous quitterons Thornfield demain, une demi-heure après notre retour de l'église. Tout à l'heure, vous avez fait allusion à une chose qui s'était produite pendant mon absence…

Minuit sonna – j'attendis que le timbre eût cessé son bruit argentin et l'horloge ses sonores vibrations, puis je dis :

– Hier, toute la journée, j'ai été très occupée et très heureuse. Le soir, Sophie m'a appelée pour regarder ma robe de mariée qu'on venait d'apporter et, au fond de la boîte, j'ai trouvé votre présent : le voile que, dans votre extravagance princière, vous avez fait venir de Londres. Quelque temps après, je suis allée me coucher et j'ai fait un rêve, Monsieur : Thornfield n'était plus qu'une ruine déserte et servait de retraite aux chauves-souris et aux hiboux. De toute la belle façade, il ne restait qu'une carcasse de mur, très élevée mais très fragile. Par un clair de lune, je me promenais sur l'herbe qui avait poussé à la place du château détruit : je heurtais tantôt le marbre d'une cheminée, tantôt un fragment de corniche.

– Est-ce tout, Jane ?

– C'est toute la préface, Monsieur ; l'histoire va venir. Lorsque je me suis éveillée, une lueur passa devant mes yeux. C'était la lumière d'une bougie. J'ai supposé que Sophie était entrée. Il y avait une chandelle sur la table de toilette, et la porte du placard où, avant de me coucher, j'avais pendu ma robe de mariée et mon voile, était ouverte. Quelqu'un est sorti du placard, a pris la chandelle et a examiné les vêtements accrochés au portemanteau. Mon sang s'est glacé dans mes veines. Monsieur Rochester, ce n'était ni Sophie, ni Leah, ni Mme Fairfax : ce n'était même pas, j'en suis sûre, cette étrange Grace Poole.

– Faites-moi son portrait, Jane.

– Il m'a semblé, Monsieur, que c'était une femme, grande et forte, avec des cheveux noirs et épais pendant dans son dos. Je ne sais quel vêtement elle portait : il était blanc et droit ; mais je ne saurais vous dire si c'était une robe, un drap ou un linceul.

– Avez-vous vu son visage ?

– Au début non. Mais, bientôt, elle a décroché mon voile, l'a soulevé et, le jetant sur sa tête, s'est tournée vers le miroir. Alors j'ai vu distinctement son reflet. Elle avait des traits effrayants. Je voudrais pouvoir oublier ces yeux injectés de sang qui roulaient dans leurs orbites et ces traits noirs et gonflés !

– Les fantômes sont généralement pâles, Jane.

– Celui-là, Monsieur, était violacé : les lèvres étaient noires et enflées. Il a ôté mon voile de sa tête, l'a déchiré en deux, l'a jeté à terre et piétiné.

– Après ?

– Il a pris la chandelle et s'est dirigé vers la porte. Mais il s'est arrêté devant mon lit : ses yeux flamboyants se sont fixés sur moi. J'ai senti son sinistre visage tout près du mien, et j'ai perdu connaissance. Maintenant, Monsieur, dites-moi qui était cette femme.

– Une création de votre cerveau exalté, c'est certain. Il faut que je prenne grand soin de vous, mon trésor : des nerfs comme les vôtres demandent des ménagements.

– Monsieur, soyez sûr que mes nerfs n'ont rien à voir là-dedans ; la chose était réelle. Ce matin, mon voile était jeté déchiré en deux !

Je sentis M. Rochester tressaillir ; il me serra précipitamment dans ses bras.

– Oh ! quand je pense à ce qui aurait pu arriver ! s'écria-t-il.

Il était haletant et me pressait si fort contre lui que je pouvais à peine respirer. Après un silence, il continua d'une voix rassurante :

– Maintenant, Jane, je vais vous expliquer tout cela. Cette vision est moitié rêve, moitié réalité ; et cette femme était, devait être Grace Poole. Plongée dans un demi-sommeil, vous l'avez vue entrer, mais, fiévreuse et presque dans le délire, vous l'avez vue telle qu'elle n'est pas. Le voile déchiré, lui, est réel et bien digne d'elle. Vous allez me demander pourquoi je garde cette femme dans ma maison : lorsque nous serons mariés depuis un an et un jour, je vous le dirai, mais pas maintenant. Êtes-vous satisfaite, Jane ? Acceptez-vous ma solution du mystère ?

Je réfléchis, et elle me parut en effet la seule possible : satisfaite, je ne l'étais pas, mais, pour lui plaire, je m'efforçai de le paraître. Et, comme une heure avait sonné depuis longtemps, je me préparai à le quitter.

– Sophie ne couche-t-elle pas avec Adèle dans la chambre d'enfant ? me demanda-t-il alors que j'allumai ma bougie.

– Oui, Monsieur.

– Il y a assez de place pour vous dans le petit lit d'Adèle. Dormez avec elle cette nuit, Jane. Fermez bien la porte à clef de l'intérieur. Cette nuit, vous ne rêverez pas séparation et chagrin, mais amour heureux et union bénie.

Cette prédiction ne s'accomplit qu'à moitié : je ne fis pas de rêves chagrins, mais n'eus pas non plus de songes joyeux, car je ne dormis pas du tout. La petite Adèle dans mes bras, je contemplai le sommeil de l'enfance, si tranquille, si innocent, si exempt de passions. Adèle me semblait l'emblème de ma vie passée ; et je devais bientôt retrouver le symbole redouté, mais adoré, de ma vie future et inconnue.

CHAPITRE XXVI

L'église se trouvait juste au-delà de la grille du parc. Il n'y avait ni garçons ni demoiselles d'honneur, ni parents pour nous servir de cortège, personne enfin que M. Rochester et moi.

Je revois la maison de Dieu, vieille et grise, et s'élevant avec calme devant moi. Je revois aussi les verts monticules des tombes, et je n'ai pas oublié deux silhouettes étrangères qui se promenaient dans le cimetière en lisant les inscriptions gravées sur les pierres. En nous voyant, elles passèrent derrière l'église. M. Rochester ne les remarqua pas.

Nous entrâmes dans l'humble temple ; le prêtre nous attendait devant l'autel ; le clerc se tenait à côté de lui. Tout était immobile : seules deux ombres s'agitaient dans un coin éloigné. Les inconnus étaient entrés avant nous et se tenaient maintenant tout près du caveau des Rochester.

L'office commença. On lut l'explication des

visées du mariage, puis le prêtre s'avança et, s'inclinant légèrement devant M. Rochester, poursuivit :

– Je vous demande et adjure tous deux, si vous connaissez un empêchement à être unis légitimement par les liens du mariage, de le confesser ici.

Il s'interrompit, comme le veut la coutume. Quand le silence qui suit cette phrase est-il brisé par une réponse ? Peut-être moins d'une fois par siècle. Le prêtre, qui n'avait pas levé les yeux de son livre et n'avait retenu qu'un instant son souffle, allait continuer quand une voix proche et distincte dit :

– Le mariage ne peut avoir lieu.

M. Rochester entendit, mais sembla ne pas tenir compte de ces paroles : il se tenait debout, obstiné, rigide, sans faire aucun geste que s'emparer de ma main. Combien son étreinte était forte et brûlante !

Le prêtre parut embarrassé.

– Quelle est la nature de cet empêchement ? demanda-t-il.

– Il consiste simplement en un premier mariage. M. Rochester a une femme qui vit toujours.

Ces mots, prononcés à voix basse, ébranlèrent mes nerfs comme ne l'aurait pas fait un coup de tonnerre. Je regardai M. Rochester : je le forçai à me regarder. Son visage était aussi livide qu'un rocher, ses yeux brillaient comme l'éclair. Il ne niait rien : il semblait défier toute chose.

– Qui êtes-vous ? demanda-t-il à l'intrus.

– Je m'appelle Briggs et je suis avoué, rue***, à Londres, répondit-il.

Il tira posément un papier de sa poche et lut d'une voix officielle et nasillarde :

– J'affirme et puis prouver que, le 20 octobre (suivait une date qui remontait à quinze ans), Edward Fairfax Rochester, de Thornfield, dans le comté de***, Angleterre, a épousé ma sœur, Berthe Antoinette Mason, fille de Jonas Mason, commerçant, et d'Antoinette, sa femme, créole, à l'église de***, Spanish Town, Jamaïque. L'acte de mariage sera trouvé dans les registres de l'église. J'en ai une copie en ma possession. Signé : Richard Mason.

– Si ce document est authentique, il peut prouver que j'ai été marié, mais il ne prouve pas que la femme mentionnée vit encore.

– Elle vivait il y a trois mois, répliqua l'homme de loi. J'ai un témoin.

– Produisez-le… ou allez au diable.

– Je vais le produire, il est ici. Monsieur Mason, ayez la bonté de vous avancer.

En entendant prononcer ce nom, M. Rochester serra les dents, un tremblement convulsif s'empara de lui. Le second étranger, qui jusque-là était resté caché dans le fond, approcha ; une pâle figure vint se placer au-dessus de l'épaule de l'avoué – oui, c'était Mason en personne. M. Rochester se retourna et le foudroya du regard.

S'adressant à Mason, le prêtre lui demanda doucement :

– Pouvez-vous nous dire, monsieur, si la femme de M. Rochester vit encore ?

– Courage, fit l'homme de loi, parlez haut.

– Elle vit et demeure au manoir de Thornfield, dit Mason. Je l'y ai vue au mois d'avril dernier. Je suis son frère.

– Au manoir de Thornfield ! s'écria le prêtre. Impossible ! Je n'ai jamais entendu parler d'une Mme Rochester au manoir de Thornfield.

Un sourire amer déforma les lèvres de M. Rochester, et il murmura :

– Non, j'ai pris soin que personne n'entende parler d'elle, sous son nom du moins.

Il se tut, sembla se consulter, prit enfin son parti et dit :

– En voilà assez ! Cet avoué et son client disent la vérité : j'ai été marié, et ma femme vit encore ! Vous dites n'avoir jamais entendu parler d'une Mme Rochester au manoir, mais sans doute avez-vous souvent prêté l'oreille à des ragots évoquant une mystérieuse folle gardée avec soin. Certains vous auront chuchoté que c'était ma demi-sœur bâtarde, d'autres une ancienne maîtresse. Je vous déclare maintenant qu'elle est ma femme, celle que j'ai épousée il y a quinze ans et nommée Berthe Mason. Berthe Mason est folle ; elle est issue d'une famille dans laquelle presque tous sont fous ou idiots depuis trois générations ! Sa mère, la créole, était à la fois ivrogne et folle ! je le découvris après mon mariage, car jusqu'alors on avait gardé le silence sur les secrets de famille. Berthe copia sa mère en tout. J'ai eu une charmante compagne. J'ai vécu des scènes enchanteresses ! Mais je ne vous dois pas plus d'explications. Je vous invite tous à venir au manoir rendre visite à la malade de Mme Poole, *mon épouse* ! Vous verrez quelle créature on m'a fait épouser par la ruse et jugerez si je n'avais pas le droit de briser ce contrat pour rechercher la sympathie d'un être au moins humain. Cette jeune fille, ajouta-t-il en me regardant, ne connaissait pas plus que vous le répugnant secret : elle croyait que tout était beau et légitime, et n'a jamais imaginé être piégée dans une union feinte avec un misérable abusé déjà marié à une compagne folle et abrutie ! Venez tous, suivez-moi !

Il quitta l'église en me tenant toujours fermement ; les trois messieurs suivirent. À notre entrée dans le manoir, Mme Fairfax, Adèle, Sophie, Leah se portèrent à notre rencontre pour nous saluer.

– Arrière, vous toutes ! s'écria le maître. Nous n'avons pas besoin de vos félicitations ! Elles arrivent quinze ans trop tard !

Il passa, me tenant toujours la main et faisant signe aux messieurs de le suivre. Nous arrivâmes au troisième étage et entrâmes dans la chambre garnie de la tapisserie.

– Vous connaissez cet endroit, Mason, dit notre guide ; c'est ici qu'elle vous a poignardé et mordu.

Il souleva la tenture, découvrant la seconde porte, et l'ouvrit également. Dans une pièce sans fenêtre, brûlait un feu protégé par un haut garde-feu. Grace Poole était penchée sur le feu et semblait faire cuire quelque chose. À l'autre bout de la chambre, dans une épaisse pénombre, une silhouette s'agitait. Au premier abord, on ne pouvait dire si c'était une créature humaine ou un animal : elle paraissait marcher à quatre pattes et poussait des grognements de bête sauvage, mais elle portait des vêtements, et une masse de cheveux noirs et grisonnants, hirsutes comme une crinière, lui cachait le visage.

– Bonjour, madame Poole ! fit M. Rochester. Comment se porte votre malade ?

– Un peu furieuse, mais pas enragée, répondit Grace.

Un cri féroce sembla contredire ce rapport favorable : la hyène habillée se souleva et se dressa sur ses pattes de derrière.

– Ah ! Monsieur, elle vous voit ! s'écria Grace. Pour l'amour de Dieu, prenez garde !

La folle poussa un hurlement : elle écarta les mèches hirsutes de son visage et regarda les visiteurs d'un air hagard. Je reconnus cette figure violacée et ces traits gonflés.

M. Rochester me jeta derrière lui : la folle lui sauta à la gorge et voulut lui mordre la joue. Ils luttèrent. C'était une forte femme, presque aussi grande que son mari, et corpulente : elle déploya une force virile dans la lutte – plus d'une fois elle fut sur le point de l'étrangler. Il aurait pu en venir à bout par un coup vigoureux, mais il ne voulait pas frapper : il voulait juste lutter. Enfin il s'empara des bras de la folle, les lui attacha dans le dos avec une corde que lui tendit Grace Poole ; avec une autre, il la ligota sur une chaise. Cette opération s'accomplit au milieu des cris les plus sauvages et des convulsions les plus horribles. Alors M. Rochester se tourna vers les spectateurs et les regarda avec un sourire à la fois amer et désolé.

– Voilà *ma femme*, dit-il. Voilà la seule étreinte conjugale que je doive jamais connaître ! Et voici ce que je désirais avoir (il posa la main sur mon épaule) : cette jeune fille qui reste grave et calme face aux portes de l'enfer et aux gambades du démon. Regardez la différence ! Et jugez-moi, prêtre de l'Évangile et homme de la loi, mais rappelez-vous que vous serez jugés comme vous aurez jugé ! À présent, hors d'ici. Il faut que j'enferme mon trésor.

Tout le monde se retira. M. Rochester resta un moment derrière nous pour donner des ordres à Grace Poole. En descendant l'escalier, l'avoué s'adressa à moi.

– Pour vous, mademoiselle, me dit-il, vous êtes innocente, et votre oncle sera heureux de l'apprendre, si toutefois il vit encore quand M. Mason rentrera à Madère.

– Mon oncle ! Le connaissez-vous ?

– M. Mason le connaît. M. Eyre est le correspondant de sa maison depuis quelques années. Quand votre oncle a reçu la lettre où vous lui faisiez part de votre union avec M. Rochester, M. Mason se trouvait à Madère, où il s'était arrêté avant de regagner la Jamaïque. M. Eyre lui communiqua votre lettre, parce qu'il savait que mon client connaissait un M. Rochester. M. Mason, étonné et épouvanté, lui révéla la vérité. Votre oncle, je suis désolé de vous le dire, repose maintenant sur un lit de douleur dont il est probable qu'il ne se relèvera pas. Il n'a donc pu se rendre lui-même en Angleterre pour vous arracher au traquenard dans lequel vous tombiez, mais il a supplié M. Mason de prendre rapidement toutes les mesures nécessaires pour empêcher ce pseudo-mariage. Il l'a adressé à moi. Dieu merci, je suis arrivé à temps. Avons-nous encore d'autres raisons de rester ? conclut l'avoué en s'adressant à M. Mason.

– Non, partons, répondit celui-ci avec anxiété, et ils sortirent par la porte du vestibule sans attendre d'avoir pris congé de M. Rochester.

Le prêtre resta pour adresser quelques paroles d'admonestation ou de reproche à son orgueilleux paroissien ; ce devoir accompli, il partit à son tour.

La maison s'était vidée, je m'enfermai dans ma chambre, tirai le verrou pour que personne ne pût entrer et me mis non pas à pleurer et à me désoler, j'étais encore trop calme pour cela, mais à ôter machinalement ma robe de mariée pour la remplacer par la robe que je croyais avoir portée la veille pour la dernière fois. Alors je m'assis : je me sentais faible et fatiguée. Je cachai ma tête dans mes deux bras croisés sur la table. Je me mis à penser : j'avais vu les événements succéder aux événements, les révélations aux révélations ; maintenant l'heure de la réflexion était venue.

Toute la conscience de ma vie abandonnée, de mon amour perdu, de mes espérances brisées, de ma confiance détruite, se posa au-dessus de moi en une masse menaçante. Je ne puis décrire cette heure amère : « Les eaux menaçaient ma vie ; j'enfonçais dans la boue, sans pouvoir me tenir ; puis je tombai dans un gouffre, et les eaux m'inondèrent[1]. »

1. Psaumes, 69 (traduction de Louis Segond).

CHAPITRE XXVII

Dans le courant de l'après-midi, je me levai. Je m'aperçus que la tête me tournait. Je n'avais ni mangé ni bu de la journée ; je n'avais même pas déjeuné le matin. Je songeai avec une étrange angoisse que, depuis que j'étais enfermée dans ma chambre, personne n'était venu me demander comment je me portais ni m'inviter à descendre ; Mme Fairfax ne m'avait pas cherchée ; la petite Adèle même n'avait pas frappé à ma porte.

– Les amis vous oublient toujours dans la mauvaise fortune, murmurai-je en tirant le verrou pour sortir de ma chambre.

Là, je trébuchai contre un obstacle. M. Rochester était assis sur une chaise devant la porte.

– Enfin vous sortez, dit-il. Je vous écoute et je vous attends depuis bien longtemps, mais je n'ai pas entendu un seul mouvement, pas un seul sanglot. Jane, je n'ai jamais voulu vous blesser ainsi. Me pardonnerez-vous jamais ?

Lecteur, je lui pardonnai à l'instant même. Ses yeux exprimaient un remords si profond, sa voix une pitié si sincère, ses manières une énergie si virile, il y avait encore tant d'amour en moi et en lui – je lui pardonnai tout, non pas de vive voix, mais au fond de mon cœur.

– Vous me prenez pour un misérable, Jane ? reprit-il en me regardant attentivement.

– Oui, Monsieur, répondis-je.

– Alors dites-le-moi – ne m'épargnez pas.

– Je ne peux pas : je suis fatiguée et malade. Je voudrais un peu d'eau.

Il frémit et poussa un profond soupir, puis, me prenant dans ses bras, me porta au rez-de-chaussée. Je ne sus pas d'abord dans quelle pièce il m'avait portée ; tout était obscur devant mes yeux. Puis il approcha du vin de mes lèvres ; j'y goûtai et me sentis ranimée. J'étais dans la bibliothèque, assise dans son fauteuil ; il se tenait tout près de moi.

– Comment vous sentez-vous maintenant, Jane ? me demanda M. Rochester.

– Beaucoup mieux, Monsieur ; je serai bientôt tout à fait remise.

Il se pencha sur moi comme pour m'embrasser, mais je me rappelai que ses caresses étaient désormais interdites. Je détournai mon visage et repoussai le sien.

– Oh, je comprends ! s'écria-t-il. Vous refusez d'embrasser le mari de Berthe Mason ? Vous trouvez que mes bras ne sont plus vides et que je ne dispose plus de mes baisers ?

– En tout cas, il n'y a pas de place pour moi auprès de vous, Monsieur, et je n'ai aucun droit à vos baisers. Tout a changé autour de moi, et moi aussi il faut que je change. Il n'y a qu'un moyen d'éviter le combat incessant contre les souvenirs – il faut qu'Adèle ait une nouvelle gouvernante, Monsieur.

– Oh ! Adèle ira en pension, c'est déjà décidé ; et je ne veux pas vous voir tourmentée par les hideux souvenirs de Thornfield, ce lieu maudit. Jane, vous ne resterez pas ici, je ne le veux pas. J'ai eu tort de vous amener à Thornfield, sachant comment il était hanté. Avant même de vous voir, j'avais ordonné qu'on vous cache tout ce qu'on racontait sur ce lieu maudit : je craignais qu'aucune gouvernante ne veuille rester avec Adèle, si elle savait par qui le manoir était habité. Je vais fermer Thornfield. Je vais donner deux cents livres par an à Mme Poole pour qu'elle demeure ici avec cette terrible furie. Vous partirez demain. J'ai un endroit qui sera un sanctuaire sûr contre les souvenirs odieux, les intrus et même le mensonge et la calomnie.

– Prenez Adèle avec vous, Monsieur, l'interrompis-je ; elle vous tiendra compagnie : la retraite et la solitude sont trop tristes pour vous.

– La solitude ! répéta-t-il avec irritation. Je vois qu'il faut en venir au fait. Vous allez partager ma solitude. Comprenez-vous ? Je vais vous emmener dans une propriété dans le sud de la France. Là, votre vie sera heureuse, protégée et innocente. Pourquoi secouez-vous la tête, Jane ?

Sa voix et ses mains tremblaient, ses larges

narines se dilataient, ses yeux étincelaient, et pourtant j'osai parler.

– Monsieur, dis-je, votre femme est vivante. Si je vivais avec vous comme vous le désirez, je serais votre maîtresse : le nier serait un sophisme, un mensonge.

– Jane, après une jeunesse passée pour moitié dans une inexprimable souffrance, pour moitié dans une douloureuse solitude, j'ai enfin trouvé ce que je puis aimer sincèrement : je vous ai trouvée. Vous êtes la meilleure part de moi-même, mon bon ange. Me dire que j'ai déjà une femme est une vaine raillerie : vous savez à présent que je n'ai qu'un hideux démon. J'ai eu tort de chercher à vous tromper, mais je voulais vous bien posséder avant de hasarder une confidence. C'était lâche à moi : j'aurais dû d'abord en appeler à votre noblesse, à votre générosité, comme je le fais maintenant. Alors je vous aurais demandé d'accepter ma promesse de fidélité et de me donner la vôtre. Jane, dites seulement : « Je serai à vous, monsieur Rochester. »

– Monsieur Rochester, je ne serai *pas* à vous.

Il y eut un long silence.

– Jane, avez-vous l'intention de suivre votre chemin et de me laisser en prendre un autre ?

– Oui.

– Un instant, Jane. Jetez un regard sur la triste vie qui m'attend quand vous serez partie. Tout bonheur en sera arraché avec vous. Que restera-t-il alors ? Je n'ai pour femme que la folle qui vit là-haut : autant vaudrait me présenter à l'un des cadavres du cimetière. Vous me condamnez à vivre misérable et à mourir maudit ?

Ma raison et ma conscience se tournaient traîtreusement contre moi pendant qu'il parlait. Elles criaient presque aussi haut que mon cœur : « Oh, cède ! Pense à sa souffrance, pense au danger où tu le laisses ; regarde dans quel abattement il tombe lorsqu'il se voit abandonné. Souviens-toi que sa nature est impétueuse, songe aux suites du désespoir – console-le, sauve-le, aime-le. Qui se soucie de *toi* dans le monde ? qui sera attristé par ce que tu feras ? »

La réponse fut, toujours indomptable : « *Moi*, je me soucie de moi-même. Plus je suis isolée, moins j'ai d'amis et de soutiens, plus je me dois de respect. Les lois et les principes ne nous sont pas donnés pour les jours sans épreuves : ils sont faits pour des moments comme celui-ci, quand le cœur et l'âme se révoltent contre leur rigueur. »

M. Rochester me regarda et devina mes pensées. Sa rage fut excitée au plus haut point et, sans s'inquiéter des suites de sa colère, il y céda un instant. Il me prit le bras et me saisit par la taille.

– Jamais, dit-il en serrant les dents, jamais je n'ai vu une créature aussi frêle et aussi indomptable. Je pourrais la plier entre deux doigts : et à quoi cela servirait-il de la plier, de l'écraser ? Regardez ces yeux, regardez cet être résolu, sauvage et libre, qui me défie avec plus du courage, avec un sévère triomphe. Quand bien même je me rendrais maître de la cage, je ne pourrais m'emparer de l'oiseau.

En disant ces mots, il relâcha son étreinte. Je me dirigeai vers la porte.

– Vous partez, Jane ? me dit-il. Mon amour profond, ma souffrance, mes supplications, tout cela n'est rien pour vous ?

Quelle inexprimable douleur dans sa voix ! Combien il me fut dur de prononcer avec fermeté :

– Je pars.

Il se détourna et alla se jeter sur le sofa. Alors j'entendis un profond sanglot sortir de sa poitrine.

– Adieu ! cria mon cœur au moment où je le quittai. Adieu, pour toujours ! ajouta le désespoir.

Je ne pensais pas dormir cette nuit-là ; cependant, à peine fus-je étendue qu'un lourd sommeil s'appesantit sur moi. Lorsque je m'éveillai, il faisait encore sombre, mais les nuits de juillet sont courtes : l'aurore commence à poindre presque aussitôt après minuit. Je me levai ; j'étais habillée car, pour me coucher, je n'avais retiré que mes souliers. Je pris dans mes tiroirs un peu de linge, mis dans ma poche ma bourse, qui contenait vingt shillings (c'était tout ce que je possédais), et attachai mon châle et mon chapeau de paille. Je pris mon paquet et mes souliers, que je ne voulais pas mettre encore, puis sortis de ma chambre.

– Adieu, ma bonne madame Fairfax, murmurai-je en glissant près de sa porte. Adieu, ma chère petite Adèle, dis-je en jetant un regard vers la chambre de l'enfant.

J'aurais voulu passer devant la chambre de M. Rochester sans m'arrêter, mais, lorsque je me trouvai devant sa porte, je sentis que les battements de mon cœur venaient de s'arrêter et fus obligée d'attendre un instant. Là non plus on ne dormait pas : M. Rochester marchait avec agitation d'un bout à l'autre de la pièce et soupirait sans cesse. Si je le voulais, il y avait dans cette chambre un paradis pour moi, du moins un paradis temporaire.

Ma main se dirigea vers le loquet, mais je la retirai vivement et m'enfuis.

À une distance d'un mille, au-delà des champs, s'étirait une route qui allait dans la direction opposée à celle de Millcote ; je n'avais jamais emprunté cette route, mais souvent je l'avais remarquée en me demandant où elle conduisait : ce fut de ce côté que je dirigeai mes pas.

Je longeai des champs, des haies et des sentiers jusqu'après le lever du soleil. Je crois que c'était une belle matinée d'été. Mais je ne regardais ni le soleil levant, ni le ciel qui souriait, ni la nature qui s'éveillait. Au milieu des souffrances de mon cœur, de mes efforts désespérés pour accomplir mon devoir, je me détestais. Je n'avais pas la consolation de me sentir approuvée par moi-même. J'avais blessé et abandonné mon maître. J'étais haïssable à mes yeux.

Quand j'eus atteint la route, j'entendis un bruit de roues et vis une diligence arriver. Je me levai et fis un signe de la main ; elle s'arrêta. Je demandai au cocher où il allait : il me nomma un endroit éloigné, où j'étais sûre que M. Rochester n'avait aucune connaissance. Je lui demandai quel prix il prendrait pour m'y conduire ; il répondit trente shillings. Je lui dis que je n'en avais que vingt ; il répliqua qu'il tâcherait de s'en contenter. La portière fut fermée, et la voiture s'ébranla.

CHAPITRE XXVIII

Deux jours avaient passé. Le cocher m'avait déposée dans un endroit appelé Whitcross : il ne pouvait me conduire plus loin pour la somme que je lui avais donnée. Je m'aperçus que j'avais oublié mon paquet dans la voiture ; il fallait maintenant qu'il y reste ; je n'avais plus aucune ressource.

Whitcross n'est pas une ville, ni même un hameau ; c'est un poteau de pierre placé à l'intersection de quatre routes.

Je suivis une route à l'abri du soleil, qui était alors dans toute son ardeur. Mon choix ne fut déterminé que par cette seule circonstance. Je marchai longtemps ; enfin, j'entendis le son d'une cloche... la cloche d'une église.

Je me dirigeai du côté du son et aperçus un hameau et un clocher.

J'arrivai dans le village vers deux heures. Au bout de son unique rue, je vis des pains dans la vitrine d'une petite boutique. N'avais-je rien sur moi à offrir en échange de l'un de ces petits pains ? Je cherchai. J'avais un petit fichu de soie autour du cou ; j'avais mes gants. Je ne savais pas comment s'y prennent les hommes et les femmes réduits à la dernière extrémité. Je ne savais pas si l'une ou l'autre de ces deux choses serait acceptée ; il était probable que non.

Je continuai à longer la rue, regardant toutes les maisons à droite et à gauche, mais sans trouver aucun prétexte pour entrer dans l'une d'elles. Une heure durant, j'errai autour du hameau, m'éloignant parfois un peu avant de revenir sur mes pas.

L'après-midi s'avançait pendant que j'errais ainsi comme un chien affamé et perdu. En traversant un champ, j'aperçus le clocher de l'église devant moi : je me hâtai dans cette direction. Près du cimetière, je vis une petite maison bien bâtie, que je pensai être le presbytère. Je me rappelai que les étrangers qui arrivent dans un lieu où ils ne connaissent personne et qui cherchent un emploi s'adressent quelquefois au pasteur. Je frappai à la porte de la cuisine. Une vieille femme ouvrit : je lui demandai si c'était bien là le presbytère.

– Oui, me répondit-elle.

– Le pasteur y est-il ?

– Non. Il s'est absenté à cause de la mort soudaine de son père. Il est à Marsh End et ne reviendra probablement que dans une quinzaine.

– Y a-t-il des dames dans la maison ?

Elle me répondit qu'elle était seule et qu'elle était la femme de charge. À elle, lecteur, je ne pouvais lui demander du secours ; je ne pouvais encore me résoudre à mendier ; alors je repartis.

Je me remis à penser aux pains de la petite boutique. Instinctivement, je retournai vers le village ; je revis la boutique et entrai. Bien que la femme ne fût pas seule, je me risquai à lui demander :

– Voudriez-vous me donner un petit pain contre ce foulard ?

Elle me regarda d'un air manifestement soupçonneux et me répondit n'avoir jamais fait pareil marché.

Prendrait-elle mes gants ?

Non ! que pourrait-elle en faire ?

Lecteur, il n'est pas agréable de s'appesantir sur ces détails. Certains prétendent qu'on peut trouver du plaisir à songer aux douleurs passées ; pour ma part, aujourd'hui encore il m'est douloureux de penser à ces jours d'épreuves. Je ne blâmais aucun de ceux qui me repoussaient. Je sentais que c'était là ce à quoi je devais m'attendre et que je ne pouvais empêcher : un mendiant ordinaire est souvent soupçonné ; un mendiant bien habillé l'est toujours.

Voyant la nuit venir, je m'arrêtai dans un sentier solitaire, où je me promenais depuis plus d'une heure. Mes yeux embués errèrent sur le paysage obscur et brumeux. Je vis que je m'étais éloignée du village.

Mes yeux continuaient à errer sur ce triste paysage quand, tout à coup, j'aperçus une lumière. Je traînai lentement mes membres épuisés dans cette direction. Cette lumière était tout mon espoir : il fallait l'atteindre.

Je vis une trace blanche sur la lande. Je m'approchai : c'était une route ou une piste conduisant droit à la lumière. Je la suivis.

Je vis alors se dessiner une maison noire, basse et longue, mais la lumière qui m'avait guidée ne brillait plus. Tout était sombre. En cherchant la porte, je tournai un angle : alors le doux rayon m'apparut de nouveau à travers les vitres en losanges d'une petite fenêtre treillissée. La bougie qui m'avait servi de fanal brillait sur une table et, à sa lueur, une femme d'un certain âge, au visage un peu rude, mais d'une propreté scrupuleuse, tricotait un bas.

Près de la cheminée, deux gracieuses jeunes femmes, de véritables ladies, étaient assises, l'une dans un fauteuil à bascule, l'autre sur un tabouret bas ; toutes deux étaient en grand deuil, et leurs vêtements sombres faisaient ressortir la blancheur de leur cou et de leur visage.

Sur un pupitre placé entre elles, je vis une chandelle et deux grands volumes qu'elles consultaient souvent ; elles les comparaient à de petits livres qu'elles tenaient à la main, comme quelqu'un qui s'aide d'un dictionnaire pour une traduction.

– Écoute, Diana, fit tout à coup l'une des studieuses écolières.

Et, d'une voix basse, elle se mit à lire quelque chose de tout à fait inintelligible pour moi ; c'était une langue étrangère, mais ni du français ni du latin. Je ne savais pas si c'était du grec ou de l'allemand.

– Y a-t-il un pays où l'on cause comme ça ? demanda la vieille femme.

– Oui, Hannah – un pays beaucoup plus grand que l'Angleterre où l'on ne parle pas autrement.

Mais nous, nous ne parlons pas l'allemand, et nous ne le comprenons qu'à l'aide d'un dictionnaire.

– Quel bien cela vous fait-il ?

– Nous avons l'intention de l'enseigner un jour ; alors nous gagnerons plus d'argent qu'aujourd'hui.

– Possible. Maintenant assez étudié pour ce soir.

– C'est vrai, je suis fatiguée ; et toi, Mary ?

– Horriblement.

– Je me demande quand Saint-John va rentrer.

– Il ne va sûrement pas tarder. Hannah, voulez-vous avoir la bonté d'aller voir si le feu ne s'éteint pas dans le salon ?

La femme se leva, ouvrit une porte par laquelle j'aperçus vaguement un couloir, et je l'entendis tisonner le feu dans une pièce. Elle revint bientôt.

– Ah, mes enfants ! s'écria-t-elle ; ça me fait mal d'aller dans cette pièce maintenant : elle est si triste avec ce grand fauteuil vide repoussé dans un coin. Il est parti en une minute, votre pauvre père.

L'horloge sonna dix heures. Et Hannah se mit à préparer le repas. Les demoiselles se levèrent. Jusque-là, j'avais été si occupée à les regarder que j'avais presque oublié ma situation misérable : à présent, je me la rappelais. Par contraste, elle me parut encore plus désolante et désespérée. Comme il paraissait impossible d'attendrir sur mon sort les habitants de cette maison ! Lorsque je cherchai la porte à tâtons et frappai avec hésitation, je compris que cette idée était pure chimère. Hannah vint ouvrir.

– Que voulez-vous ? me demanda-t-elle avec étonnement, en m'examinant à la lueur de sa chandelle.

– Je voudrais un abri pour cette nuit dans un hangar ou ailleurs, et un morceau de pain.

La défiance, le sentiment que je redoutais, se lut sur le visage d'Hannah.

– Voici deux sous ; maintenant, partez…

– L'argent ne pourra pas me nourrir, et je n'ai pas la force d'aller plus loin. Ne me fermez pas la porte… pour l'amour de Dieu !

J'aperçus une silhouette près de moi – mais quelle silhouette ? L'obscurité de la nuit et la faiblesse de mes yeux m'empêchaient de rien distinguer.

Le nouveau venu dit :

– Silence, Hannah ! Vous avez fait votre devoir en chassant cette femme, laissez-moi accomplir le mien en la faisant entrer.

Je me trouvai bientôt dans la cuisine brillante et propre que j'avais déjà vue. J'étais mal à l'aise, tremblante et consciente de mon allure effrayante et désordonnée. Les deux demoiselles, M. Saint-

John leur frère, et la vieille domestique avaient tous le regard fixé sur moi.

– Elle est pâle, dit Hannah.

– Aussi pâle que la mort ou que le plâtre, répondit quelqu'un. Faites-la asseoir, sinon elle va tomber.

En effet, je me sentais défaillir, mais une chaise me reçut. J'avais conscience de ce qui se passait autour de moi, seulement je ne pouvais pas parler.

Diana rompit un peu de pain, le trempa dans le lait et l'approcha de mes lèvres. Je mangeai ce qui m'était offert, faiblement d'abord, puis avec avidité.

– Pas trop à la fois… contenez-la, dit le frère. Elle en a eu assez. Voyons si elle peut parler maintenant; demandez-lui son nom.

Je sentis que je pouvais parler et répondis:

– Je m'appelle Jane Elliott.

Craignant d'être découverte, j'avais résolu de prendre ce nom.

– Quels renseignements pouvez-vous donner sur votre situation?

– Monsieur, je ne puis pas vous donner de détails ce soir. Faites de moi et pour moi ce que vous voudrez; mais excusez-moi si je ne vous parle pas longuement aujourd'hui – mon souffle est court et, chaque fois que je parle, je sens un spasme.

Peu de temps après, on me retira mes vêtements mouillés et, bientôt, un lit chaud et sec m'accueillit. Je remerciai Dieu et, au milieu d'un indicible épuisement, j'éprouvai une joyeuse gratitude et… m'endormis.

CHAPITRE XXIX

Je ne me rappelle que très confusément les trois jours et trois nuits qui suivirent. Je sais que j'étais dans une petite chambre et dans un lit étroit. Le quatrième jour, je pus parler, bouger, me lever dans mon lit et me tourner. Au bout de quelque temps, je fus rassasiée de repos et tourmentée par le besoin d'agir.

Je descendis un escalier de pierre en m'aidant de la rampe et arrivai à un couloir bas et étroit qui me conduisit bientôt dans la cuisine.

Elle était pleine de l'odeur du pain frais et de la chaleur d'une généreuse flambée.

Hannah m'indiqua le fauteuil à bascule ; je le pris. Elle continua son ouvrage, en me regardant de temps à autre du coin de l'œil ; puis elle me demanda soudain :

– Avez-vous jamais mendié avant de venir ici ?

– Je ne suis pas plus une mendiante que vous-même ou vos jeunes maîtresses. On peut n'avoir ni maison ni argent, sans être pour cela une mendiante dans le sens où vous l'entendez. Mais peu importe ce que j'ai été ; dites-moi plutôt le nom de cette maison.

– Il y en a qui l'appellent Marsh End, d'autres Moor House.

– Et le monsieur qui habite ici s'appelle M. Saint-John ?

– Il n'habite pas ici. Sa maison se trouve dans sa paroisse, à Morton. Il est pasteur.

Je me rappelai la réponse que m'avait faite la vieille femme de charge du presbytère quand je lui avais demandé à voir le pasteur.

– Alors, cette maison était celle de son père ?

– Oui, le vieux M. Rivers demeurait ici.

– Alors, le monsieur que j'ai vu s'appelle M. Saint-John Rivers ?

– Oui, Saint-John est comme qui dirait son nom de baptême.

– Et ses sœurs s'appellent Diana et Mary Rivers ?

– Oui.

– Ils n'ont pas de mère ?

– Madame est morte il y a plusieurs années.

– Y a-t-il longtemps que vous êtes dans la famille ?

– Depuis trente ans. Je les ai élevés tous les trois.

– Cela prouve que vous avez été une servante honnête et fidèle.

Hannah me dévisagea avec surprise.

– Je crois, dit-elle, que je me suis trompée sur votre compte, mais il y a tant de fripons dans le pays qu'il ne faut pas m'en vouloir. Maintenant j'ai une autre opinion de vous, car vous avez l'air d'une créature tout ce qu'il y a de propre et de convenable.

Elle mit sa main calleuse et enfarinée dans la mienne ; un sourire bienveillant illumina son visage rude et, à partir de ce moment, nous fûmes amies.

Je demandai où étaient les deux demoiselles et leur frère.

– Ils ont été faire une promenade à Morton, me répondit-elle, mais ils seront de retour dans une demi-heure pour le thé.

Ils revinrent, en effet, à l'heure indiquée : ils entrèrent par la cuisine. Lorsque M. Saint-John me vit, il me salua simplement et continua son chemin ; les deux jeunes filles s'arrêtèrent. Mary m'exprima, en quelques mots pleins de bonté, le plaisir qu'elle avait à me voir en état de descendre ; Diana me prit la main en secouant la tête.

– Avant de vous lever, vous auriez dû me demander la permission, dit-elle. Vous êtes encore bien pâle… et si maigre ! Pauvre petite ! Vous êtes notre hôte, entrez au salon.

Et, sans lâcher ma main, elle me fit lever et me conduisit dans l'autre pièce.

– Asseyez-vous là, me dit-elle, en m'installant sur le sofa.

Elle ferma la porte et me laissa seule avec M. Saint-John, qui était assis face à moi, un livre ou un journal à la main.

M. Saint-John, aussi immobile que les tableaux suspendus au mur, les yeux fixés sur sa page et les lèvres closes, était facile à examiner. Il était jeune – entre vingt-huit et trente ans peut-être –, grand, élancé ; son visage attirait le regard. Ses grands yeux bleus étaient voilés par des cils bruns ; quelques mèches de cheveux blonds tombaient négligemment sur son front élevé et pâle comme l'ivoire.

C'est là un charmant portrait, n'est-ce pas, lecteur ? Pourtant, son objet ne donnait guère l'impression d'une nature douce, docile, sensible, ni même placide. Il y avait dans sa bouche, son nez et son front, quelque chose qui semblait indiquer l'agitation, la dureté ou la ferveur. Il ne me dit pas un mot, ne me regarda pas une seule fois, jusqu'à ce que ses sœurs fussent de retour. Diana, qui allait et venait pour préparer le thé, m'apporta un petit gâteau cuit dans le four.

– Mangez cela maintenant, me dit-elle ; vous devez avoir faim.

Je ne refusai pas, car mon appétit était aiguisé. M. Rivers ferma alors son livre et fixa sur moi ses yeux bleus, pareils à ceux d'un tableau.

– Maintenant vous pouvez manger, me dit-il, mais il faut de la modération.

Ma réponse fut à la fois impolie et maladroite.

– J'espère, monsieur, dis-je, ne pas manger longtemps à vos dépens.

– En effet, répondit-il froidement. Quand vous nous aurez indiqué où demeure votre famille, nous lui écrirons et vous lui serez rendue.

– Je n'ai ni foyer ni famille.

– Voulez-vous dire que vous n'avez aucun parent ? C'est une situation bien singulière à votre âge !

Je vis son regard se diriger vers mes mains. Je me demandais ce qu'il cherchait : je le compris bientôt par la question qu'il me fit.

– Vous n'avez jamais été mariée ? me demanda-t-il.

Diana se mit à rire :

– Allons, Saint-John, elle a tout au plus dix-sept ou dix-huit ans !

– J'ai près de dix-neuf ans, dis-je, mais je ne suis pas mariée. Non.

Je sentis le rouge me monter au visage, car cette allusion au mariage avait réveillé en moi des souvenirs amers et cuisants. Tous virent mon embarras et mon émotion.

– Où avez-vous demeuré en dernier lieu ? fit encore M. Rivers.

– Le nom du lieu où j'ai demeuré est mon

secret, répondis-je. Monsieur Rivers, ajoutai-je en le regardant comme il me regardait, c'est-à-dire ouvertement et sans timidité, vous et vos sœurs m'avez rendu le plus grand qu'un homme puisse rendre à son semblable : vous m'avez arrachée à la mort par votre noble hospitalité. Ce bienfait vous donne un droit illimité à ma reconnaissance, et un certain droit à ma confiance. Je vous dirai sur la voyageuse que vous avez recueillie tout ce que je puis dire sans compromettre la paix de mon esprit, ma sécurité morale et physique, et celle des autres. Je suis orpheline, fille d'un pasteur. Mes parents sont morts avant que j'aie pu les connaître. J'ai été élevée à l'orphelinat de Lowood, dans le comté de *** ; vous en aurez entendu parler, monsieur Rivers ; le révérend Brockelhurst en est le trésorier.

– J'ai entendu parler de M. Brockelhurst, et j'ai vu l'école.

– J'ai quitté Lowood il y a près d'un an pour devenir gouvernante particulière dans une maison. J'avais une bonne place et j'étais heureuse. Cette place, j'ai dû la quitter. Je ne puis pas, je ne dois pas dire la raison de mon départ. Je n'encours aucun blâme : je suis aussi pure que chacun de vous. Je suis malheureuse et le serai pendant quelque temps, car la catastrophe qui m'a fait fuir cette maison où j'avais trouvé un paradis est à la fois étrange et terrible.

– Vous avez dit vous appeler Jane Elliott ?

– Je l'ai dit ; c'est bien le nom par lequel je désire être appelée pour le moment.

– Vous ne voulez pas dire votre vrai nom ?

– Non : je redoute trop tout ce qui pourrait trahir mon secret. Montrez-moi ce que je dois faire ou comment me procurer de l'ouvrage : c'est tout ce que je demande. Je serai couturière, domestique, garde-malade, si je ne puis faire mieux, répondis-je.

– Bien, dit froidement Saint-John. Si telles sont vos dispositions, je promets de vous aider.

Il reprit alors le livre qui l'avait occupé avant le thé.

CHAPITRE XXX

Plus je connus les habitants de Moor House, plus je les aimai. Je pouvais prendre part aux occupations de Diana et de Mary, causer avec elles autant qu'elles le désiraient et les aider quand elles me le permettaient. Il y avait pour moi dans ces relations un plaisir vivifiant que je goûtais pour la première fois – le plaisir qui naît d'une parfaite similitude dans les goûts, les sentiments et les principes.

Diana m'offrit de m'enseigner l'allemand. J'aimai apprendre avec elle : je vis que la tâche de maîtresse lui plaisait, celle d'élève ne me convenait pas moins. Il en résulta une grande affection mutuelle. Elles découvrirent que je savais dessiner : aussitôt, leurs crayons et leurs boîtes de couleurs furent à ma disposition. Ma science, qui, sur ce point, était plus grande que la leur, les surprit et les charma. Mary prit des leçons : c'était une élève docile, intelligente et assidue. Ainsi occupées et nous amusant mutuellement, les jours passaient comme des heures et les semaines comme des jours.

L'intimité qui s'était si naturellement et rapidement développée entre ses sœurs et moi ne s'étendit pas jusqu'à M. Saint-John. Une des raisons de la distance qui existait entre nous, c'est qu'il était rarement à la maison : une grande partie de son temps semblait consacrée à visiter les pauvres et les malades disséminés dans sa paroisse.

Mais, outre ses fréquentes absences, il y avait un autre obstacle à notre amitié : il semblait une nature réservée, pensive, voire sombre. Zélé dans l'accomplissement de ses devoirs, irréprochable dans sa vie, il ne paraissait pourtant pas jouir de cette sérénité d'esprit et de cette satisfaction intérieure qui devraient être la récompense de tout chrétien sincère et de tout philanthrope pratiquant le bien.

Un mois s'était écoulé. Diana et Mary devaient bientôt quitter Moor House pour retrouver la vie bien différente qui les attendait, une vie de gouvernantes dans une grande ville à la mode du sud de l'Angleterre. Chacune était placée dans une famille dont les membres, riches et hautains, les regardaient comme d'humbles servantes et n'appréciaient leurs talents que comme ils appréciaient l'habileté de leur cuisinière ou le bon goût de leur femme de chambre. Il devenait urgent que je trouve un emploi. Un matin où j'étais seule avec M. Saint-John, je m'apprêtai à lui parler, sans trop savoir comment formuler ma question – car il est toujours difficile de briser la réserve glaciale de ces natures-là –, mais il me tira d'embarras en engageant lui-même le dialogue.

– Vous avez une demande à me faire ? dit-il.

– Oui, je voudrais savoir si vous avez entendu parler d'une place pour moi.

– J'ai pensé à quelque chose pour vous il y a trois semaines, mais comme vous sembliez à la fois utile et heureuse ici, comme mes sœurs s'étaient évidemment attachées à vous, que votre présence leur procurait un plaisir inaccoutumé, j'ai trouvé inutile de briser votre réconfort mutuel jusqu'à ce que leur départ de Marsh End rendît le vôtre nécessaire.

– Et elles partent dans trois jours ?

– Oui et, quand elles s'en iront, je retournerai au presbytère de Morton ; Hannah m'accompagnera, et on fermera cette vieille maison. Je vais être franc avec vous : je n'ai aucune situation enviable ou avantageuse à vous offrir. Si je vous aide, ce sera comme l'aveugle aide le paralytique. Je suis pauvre : lorsque j'aurai payé toutes les dettes de mon père, il ne me restera plus que cette bâtisse en ruine et ce petit lopin de terre pierreuse avec ses ifs et ses houx. Je suis obscur. Étant pauvre et obscur, je ne puis vous procurer que le travail du pauvre et de l'obscur. Quand je suis arrivé à Morton, il y a deux ans, le village n'avait pas d'école. J'en ai fondé une pour les garçons ; je voudrais en ouvrir une seconde pour les filles. J'ai loué un bâtiment à cette intention, avec une petite maison de deux chambres pour la maîtresse. Celle-ci sera payée trente livres par an. Voulez-vous être la maîtresse de cette école ?

– Je vous remercie de votre offre, monsieur Rivers, dis-je, et je l'accepte de tout cœur.

– Quand voulez-vous entrer en fonction ?

– J'irai voir la maison demain et, si vous le permettez, j'ouvrirai l'école la semaine prochaine.

– Très bien, c'est entendu.

Et il quitta la pièce.

Diana et Mary devenaient plus tristes et silencieuses à mesure qu'approchait le jour où elles devaient quitter leur maison et leur frère. Diana disait que ce serait une séparation différente des précédentes. En ce qui concernait Saint-John, elle pourrait durer des années, voire toute la vie.

– Il sacrifiera tout à un projet qu'il a conçu depuis longtemps, disait-elle. Vous le croiriez doux, Jane, mais, pour certaines choses, il est inexorable comme la mort.

À ce moment, Saint-John passait devant la fenêtre en lisant une lettre. Il entra.

– Notre oncle John est mort, dit-il.

Les deux sœurs semblèrent frappées, mais ni étonnées ni attristées ; elles semblaient considérer la nouvelle comme plus importante qu'affligeante.

– Alors ? murmura Diana.

– Alors ? reprit-il en conservant l'immobilité du marbre. Alors… rien. Lis.

Il jeta sur les genoux de sa sœur une lettre qu'elle tendit à Mary après l'avoir parcourue. Mary la lut et la rendit à son frère. Tous trois se regardèrent en souriant… d'un sourire triste et pensif.

Pendant quelques minutes personne ne parla. Enfin, Diana se tourna vers moi.

– Jane, dit-elle, vous devez nous trouver le cœur bien dur en nous voyant si peu attristés par la mort d'un parent aussi proche qu'un oncle ; mais nous ne le connaissions pas, nous ne l'avons jamais vu. C'était le frère de ma mère. Mon père et lui s'étaient brouillés il y a longtemps. Plus tard, mon oncle fit des affaires heureuses : il paraît qu'il a constitué une fortune de vingt mille livres.

Il ne s'est jamais marié et n'avait de parents que nous et une autre personne, qui lui était alliée au même degré. Cette lettre nous informe qu'il a tout légué à son autre parente. Il avait certainement le droit d'agir à sa volonté, et pourtant cette nouvelle nous a donné une tristesse passagère. Mary et moi nous nous serions estimées riches avec mille livres chacune, et Saint-John aurait aimé posséder une telle somme à cause de tout le bien qu'il eût pu faire alors.

Une fois cette explication donnée, le sujet fut laissé de côté, et ni M. Rivers ni ses sœurs n'y firent plus aucune allusion. Le lendemain, je quittai Marsh End pour Morton. Le jour d'après, Diana et Mary se rendirent dans la lointaine ville où elles étaient placées. La semaine suivante, M. Rivers et Hannah retournèrent au presbytère, et la vieille maison fut abandonnée.

CHAPITRE XXXI

Ma maison, puisque, enfin, j'ai une maison à moi, est une maisonnette : une petite pièce aux murs blanchis à la chaux et au sol sablé contenant quatre chaises en bois peint, une table, une horloge, un buffet où sont rangés deux ou trois assiettes, quelques plats et un service à thé en faïence de Delft. Au-dessus se trouve une autre pièce de la même taille que la cuisine, avec un lit et une commode en bois blanc.

C'est le soir. Je suis assise seule devant la cheminée. Ce matin, l'école du village a été ouverte. J'ai eu vingt élèves. Mais trois seulement savent lire, et aucune ne sait ni écrire ni compter. Plusieurs tricotent, et certaines cousent un peu. Quelques-unes ont de mauvaises manières, sont rudes et intraitables autant qu'ignorantes ; d'autres, au contraire, sont dociles, ont le désir d'apprendre et témoignent de dispositions qui me plaisent. Mon devoir va consister à développer de tels germes : certainement, je trouverai un peu de bonheur dans cette tâche.

Arrivée à cette conclusion, je me levai, me dirigeai vers la porte et regardai le coucher du soleil et les champs paisibles devant ma maisonnette.

En observant ce paysage, je me sentais heureuse ; aussi fus-je tout étonnée de bientôt m'apercevoir que je pleurais. Pourquoi ? À cause du sort qui m'avait arrachée à mon maître, parce qu'il ne devait plus jamais me revoir et que je craignais un trop grand désespoir et un emportement funeste, conséquences de mon départ. À cette pensée, je cachai mes yeux dans mes mains, mais, peu après, un léger bruit près du portillon qui séparait du pré mon minuscule jardin me fit lever la tête. Saint-John y était appuyé, les bras croisés, les sourcils froncés, fixant sur moi un regard sérieux, presque mécontent. Je le priai d'entrer.

– Non, je ne peux pas rester, me dit-il; je venais juste vous apporter un petit paquet que mes sœurs ont laissé pour vous. Je crois qu'il contient une boîte de peinture, des crayons et du papier.

Je m'approchai pour le prendre: ce présent était bienvenu. Il me sembla qu'au moment où j'avançai, Saint-John examina mon visage avec austérité: sans doute les traces de mes larmes y étaient-elles encore visibles.

– La solitude vous oppresse, n'est-ce pas? Cette petite maison est bien sombre et vide.

– Jusqu'ici, j'ai à peine eu le temps de jouir de ma tranquillité, donc encore moins d'être lasse de mon isolement.

– Fort bien; j'espère que vous éprouvez la satisfaction que vous exprimez. Je ne sais ce que vous avez laissé derrière vous, mais je vous conseille de résister fermement à toute tentation qui vous pousserait à regarder en arrière. Il est dur d'agir contre son inclination et de lutter contre ses penchants naturels, mais c'est possible, je le sais par expérience. Il y a un an, j'étais moi-même profondément malheureux, je croyais m'être trompé en entrant dans les ordres: les devoirs monotones du prêtre me pesaient mortellement. Je brûlais d'avoir une vie plus active, les travaux excitants d'une carrière littéraire, la destinée de l'artiste, de l'écrivain ou de l'orateur. Oui, sous le surplis du pasteur bat un cœur de soldat ou d'homme politique, amoureux de la gloire, du renom, du pouvoir. Après une phase de ténèbres et de lutte, la lumière se fit, et, avec elle, le réconfort. Dieu avait une mission pour moi et, pour la mener à bien, il fallait de l'adresse et de la force, du courage et de l'éloquence, toutes les qualités de l'homme d'État, de l'orateur et du soldat, car tout cela est nécessaire à un bon missionnaire. Je résolus donc de me faire missionnaire. Une fois réglées certaines affaires, lorsque j'aurai trouvé un successeur, je quitterai l'Europe pour me rendre en Orient.

Diana Rivers avait déclaré son frère « inexorable comme la mort ». Elle n'avait pas exagéré.

CHAPITRE XXXII

On était le 5 novembre, jour de congé. J'étais libre de passer mon après-midi comme bon me semblerait.

La traduction de quelques pages d'allemand m'occupa une heure, après quoi je pris ma palette et mes crayons, et me mis à un travail plus apaisant parce que plus facile. Quelqu'un frappa alors un coup bref à ma porte, et Saint-John Rivers entra.

– Je viens voir comment vous passez votre jour de congé, dit-il. Pas plongée dans vos pensées, j'espère ? Mais je vois que non : pendant que vous dessinez, vous vous sentez moins seule. Je vous ai apporté un livre pour vous réconforter le soir.

Et il posa un poème nouvellement paru à côté de ma palette. Il vit alors la feuille de papier fin sur laquelle j'avais l'habitude de poser ma main en peignant, pour ne pas tacher mon carton. Ce qu'il aperçut soudain sur cette feuille, impossible de le dire, mais quelque chose attira son œil. Il la prit brusquement, en contempla le bord, et me jeta un regard singulier et incompréhensible. Ses lèvres s'ouvrirent comme s'il allait parler, mais il se tut.

– Qu'y a-t-il ? lui demandai-je.

– Rien du tout, répondit-il.

Et, tout en reposant le papier, il en déchira adroitement un petit morceau qui disparut dans son gant ; puis, il me salua rapidement, me dit « au revoir » et disparut.

À mon tour, j'examinai le papier, mais je n'y vis rien. Je méditai ce mystère une minute ou deux, mais, le trouvant insoluble, et persuadée d'ailleurs qu'il ne devait pas avoir grande importance, je n'y pensai bientôt plus.

CHAPITRE XXXIII

Quand M. Saint-John partit, il commençait à neiger; la tempête se poursuivit toute la nuit. Le lendemain, un vent âpre apporta des tourbillons de neige aveuglants; vers le soir, la vallée était presque impraticable. J'étais en train d'allumer une chandelle quand j'entendis du bruit.

C'était Saint-John Rivers qui soulevait le loquet. Il se tenait devant moi: le manteau qui couvrait sa haute silhouette était aussi blanc qu'un glacier.

– Y a-t-il une mauvaise nouvelle? fis-je. Est-il arrivé quelque chose?

– Non. Comme vous vous alarmez facilement! me répondit-il en ôtant son manteau pour aller l'accrocher à la porte.

Je ne pus m'empêcher de demander:

– Mais pourquoi êtes-vous venu?

– C'est une question peu hospitalière à faire à un visiteur, mais, puisque vous la posez, je vous répondrai que c'est simplement pour causer avec vous. Depuis hier, je suis dans l'état d'une personne à qui l'on a dit la moitié d'une histoire et qui est impatiente d'en connaître la fin. Avant de commencer, je dois vous avertir que l'histoire vous semblera un peu banale. Il y a vingt ans, un pauvre pasteur tomba amoureux de la fille d'un homme riche; elle aussi l'aimait, et elle l'épousa, contre l'avis de sa famille, qui la renia aussitôt après le mariage. Moins de deux ans plus tard, ce couple imprudent avait cessé d'exister, et tous deux gisaient sous la même pierre. Ils laissèrent une fille. L'enfant fut élevée par une tante appelée Mme Reed, de Gateshead. Vous sursautez – avez-vous entendu du bruit ? Continuons. Mme Reed garda l'orpheline pendant dix ans. Au bout de cette période, l'enfant fut envoyée dans un endroit que vous connaissez, l'école de Lowood, où vous-même avez demeuré si longtemps. D'élève, elle y devint maîtresse, comme vous. Je suis frappé du parallèle qui existe entre son histoire et la vôtre. Elle quitta Lowood pour se faire gouvernante ; voyez, ici encore vos destinées sont semblables ; elle entreprit l'éducation de la pupille d'un certain M. Rochester.

– Monsieur Rivers ! l'interrompis-je.

– Je devine vos sentiments, dit-il, mais écoutez-moi jusqu'au bout. De M. Rochester, je ne sais rien, sinon qu'il prétendit offrir un mariage honorable à cette jeune fille et que, devant l'autel, elle découvrit qu'il avait une femme encore vivante, mais folle. Se produisit un événement qui rendit nécessaire de rechercher la gouvernante ; on apprit alors qu'elle était partie – personne ne savait quand, où, ni comment. Elle avait quitté le manoir de Thornfield pendant la nuit. Toutes les recherches entreprises pour la retrouver sont restées vaines. Pourtant, il est indispensable et urgent qu'on la retrouve ; j'ai moi-même reçu une lettre d'un M. Briggs, avoué, me communiquant les détails que je viens de vous rapporter. N'est-ce pas une étrange histoire ?

– Qu'avez-vous appris sur M. Rochester ? fis-je. Où est-il ? Que fait-il ? Se porte-t-il bien ?

– Je ne sais rien sur M. Rochester. Du reste, je suis occupé d'autre chose que de lui. Puisque vous ne voulez pas me demander le nom de la gouvernante, je vais vous le dire moi-même. Attendez ! Je l'ai ici – il est toujours plus satisfaisant de voir les choses importantes couchées noir sur blanc.

Il prit lentement son portefeuille, l'ouvrit et y chercha quelque chose ; de l'un des compartiments, il tira un méchant bout de papier qui semblait avoir été déchiré brusquement. Saint-John se leva, le tint devant mes yeux, et je lus, tracés à l'encre de Chine et de ma propre main, les mots : « Jane Eyre », probablement écrits dans un moment d'inattention.

– Briggs, continua-t-il, me parlait d'une Jane Eyre dans sa lettre : je connaissais une Jane Elliott. Je confesse que j'avais des soupçons, mais je n'eus de certitude qu'hier après-midi. Avouez-vous votre nom et renoncez-vous au pseudonyme ?

– Oui, mais où est M. Briggs ? Il en sait peut-être plus long que vous sur M. Rochester.

– Briggs est à Londres. Je doute qu'il sache rien sur M. Rochester ; ce n'est pas M. Rochester qui l'intéresse. Vous oubliez l'essentiel pour vous attacher à des broutilles : vous ne me demandez pas pourquoi M. Briggs vous recherche.

– Eh bien, pourquoi ?

– Simplement pour vous dire que votre oncle, M. Eyre, de Madère, est mort, qu'il vous a laissé toute sa fortune et que maintenant vous êtes riche. On parle de vingt mille livres, je crois, mais qu'est-ce que vingt mille livres ?

– Vingt mille livres ?

M. Rivers se leva et mit son manteau. Il soulevait le loquet de la porte, quand une pensée subite me vint.

– Attendez une minute ! m'écriai-je. Je voudrais savoir pourquoi M. Briggs vous a écrit pour apprendre des détails sur moi…

– Oh ! je suis prêtre, et les prêtres sont souvent consultés pour les affaires bizarres.

Sa réponse était à la fois si vague et si prompte, que ma curiosité, loin d'être satisfaite, n'en fut que piquée davantage.

– Il y a quelque chose d'étrange là-dedans, dis-je. Je veux tout savoir.

Et comme il s'éloignait un peu de la porte, je me plaçai entre elle et lui.

– J'aimerais mieux que vous appreniez cela par Diana ou par Mary.

Bien sûr, ces objections ne firent que porter mon impatience à son comble ; je voulais satisfaire ma curiosité, et tout de suite ; je le lui dis.

– Sans doute ignorez-vous que je porte le même nom que vous. J'ai été baptisé Saint-John Eyre Rivers. Ma mère s'appelait Eyre ; elle avait deux frères : l'un, pasteur, épousa Mlle Jane Reed, de Gateshead ; l'autre, John Eyre, était commerçant à Madère. M. Briggs, avoué de M. Eyre, nous écrivit au mois d'août dernier pour nous apprendre la mort de notre oncle et nous dire qu'il avait laissé sa fortune à la fille orpheline de son frère le pasteur. Il y a quelques semaines, il écrivit de nouveau pour nous apprendre que l'héritière était introuvable et nous demander si nous savions quelque chose à son sujet. Un nom jeté par hasard sur un bout de papier me l'a fait découvrir. Vous savez le reste…

Il voulut à nouveau partir, mais je m'appuyai le dos contre la porte.

– Votre mère était ma tante ? Alors vous êtes mes cousins ?

– Nous sommes cousins, oui.

Je le regardai longuement. Il me semblait avoir trouvé un frère, un frère dont je pouvais être fière et que je pouvais aimer ; deux sœurs dont les qualités étaient telles qu'elles m'avaient inspiré une affection et une admiration profondes. Elle était là la vraie richesse ! la richesse du cœur !

– Oh, je suis heureuse ! heureuse ! m'écriai-je.

Enfin, je pouvais faire quelque chose pour ceux qui m'avaient sauvé la vie, et que, jusqu'à cette heure, j'avais aimés d'un amour stérile. Ils étaient sous un joug, et je pouvais leur rendre la liberté ; ils étaient éloignés les uns des autres, et je pouvais les réunir ; l'indépendance et la richesse qui m'appartenaient pouvaient leur appartenir aussi. N'étions-nous pas quatre ? Vingt mille livres partagées en quatre donneraient cinq mille livres à chacun, et c'était bien assez. Justice serait faite et notre bonheur mutuel assuré.

– Écrivez dès demain à Mary et à Diana, dis-je, et priez-les de rentrer tout de suite. Diana m'a dit qu'elle et sa sœur se trouveraient riches avec mille livres chacune ; aussi je pense qu'avec cinq mille elles seront tout à fait satisfaites.

– Dites-moi où je pourrai trouver un verre d'eau, me répondit Saint-John. En vérité, vous devriez faire un effort pour vous calmer.

– Je suis calme ; c'est vous qui ne comprenez pas ou, plutôt, qui affectez de ne pas comprendre. Tout ce que je vous demande, c'est d'écrire à vos sœurs pour leur apprendre l'héritage qu'elles viennent de faire.

– Vous parlez ainsi maintenant, répliqua Saint-John, parce que vous ne savez pas l'importance que vous donneraient vingt mille livres, la place que vous pourriez occuper dans la société, les perspectives qui vous seraient offertes ; vous ne pouvez...

– Et vous, l'interrompis-je, vous ne pouvez vous imaginer combien j'aspire à un amour fraternel. Je n'ai jamais eu ni frères ni sœurs ; je veux en avoir maintenant. Vous ne refusez pas de me reconnaître ni de m'admettre parmi vous, n'est-ce pas ?

– Jane, je serai votre frère, et mes sœurs seront vos sœurs sans que nous vous demandions ce sacrifice de vos justes droits.

– Mon frère éloigné de mille lieues ! Mes sœurs asservies chez des étrangers ! Et moi riche, gorgée d'or, sans l'avoir jamais ni gagné ni mérité ! Maintenant, vous feriez mieux de partir car, si vous restiez plus longtemps, vous pourriez bien m'irriter encore par vos méfiants scrupules.

– Et l'école, mademoiselle Eyre ? Il faudra la fermer à présent, je suppose ?

– Non. Je resterai à mon poste jusqu'à ce que vous ayez trouvé une autre maîtresse.

Il sourit d'un air approbateur, me donna une poignée de main et prit congé.

Je n'ai pas besoin de narrer dans le détail les luttes que j'eus à soutenir et les arguments que je dus employer pour que le partage du legs se fît comme je le désirais. Ma tâche fut rude, mais comme mes cousins virent que j'étais irrévocablement décidée, les affaires furent réglées. Saint-John, Diana, Mary et moi entrâmes en possession de notre fortune.

CHAPITRE XXXIV

Vous croyez peut-être, lecteur, que j'avais oublié M. Rochester dans tous ces changements de lieux et de fortune. Pas un instant. Sa pensée me poursuivait toujours; chaque soir, quand j'étais à Morton, je m'enfermais dans ma maisonnette pour y songer, et maintenant que j'habitais Moor House, chaque nuit j'allais me réfugier dans ma chambre pour rêver à lui.

Dans le cours de ma nécessaire correspondance avec M. Briggs concernant le testament, je lui avais demandé s'il connaissait la résidence actuelle de M. Rochester et l'état de sa santé. Mais, comme le pensait Saint-John, il n'en savait rien. Alors j'écrivis à Mme Fairfax pour lui réclamer des renseignements.

J'étais convaincue que la réponse serait prompte. Je fus étonnée de voir quinze jours se passer sans qu'elle arrivât; mais lorsque, après deux mois d'attente, le courrier ne m'eut rien apporté, je devins la proie d'une douloureuse anxiété.

Après avoir vainement attendu six mois, mon

espérance s'éteignit tout à fait, et je devins vraiment triste.

Un jour, Saint-John me dit :

– Jane, vous allez venir vous promener avec moi. Prenez la route qui conduit dans le haut de Marsh Glen : je vous rejoins dans un instant.

Je ne connais aucun moyen terme : jamais dans ma vie, quand j'ai eu affaire à des caractères durs, sûrs et opposés au mien, je n'ai connu de moyen terme entre l'obéissance absolue et la révolte totale. J'ai toujours observé la première jusqu'au moment où, explosant parfois avec la véhémence du volcan, je me jetai dans la seconde. Dans les circonstances présentes, j'étais peu disposée à la révolte ; j'obéis donc aux instructions de Saint-John, et, au bout de dix minutes, nous nous promenions ensemble sur la route de la vallée.

– Asseyons-nous ici, dit-il comme nous atteignions les premiers rochers.

Pendant une demi-heure nous n'échangeâmes pas une parole. Puis il dit enfin :

– Jane, je pars dans six semaines ; j'ai retenu ma place sur un bateau qui met à la voile le 20 juin. Jane, venez avec moi aux Indes : venez comme ma femme, la compagne de mes travaux.

Il me sembla que la vallée et le ciel basculaient, que les montagnes se soulevaient !

– Oh, Saint-John ! m'écriai-je, ayez pitié !

J'implorais un homme qui ne connaissait ni

pitié ni remords, quand il s'agissait d'accomplir ce qu'il regardait comme son devoir. Il continua :

– Dieu et la nature vous ont créée pour être la femme d'un missionnaire. Vous avez reçu les dons de l'esprit et non les charmes du corps : vous êtes faite pour le travail et non pour l'amour. Il faut que vous soyez la femme d'un missionnaire, et vous le serez. Vous serez mienne : je vous réclame, non pour mon plaisir, mais pour le service de mon Souverain. En tant que directrice d'école et mon aide parmi les femmes indiennes, votre secours me sera d'un prix inappréciable.

Mon linceul de fer se resserrait autour de moi ; la persuasion avançait vers moi à pas lents, mais assurés. J'avais beau fermer les yeux, les derniers mots prononcés par Saint-John venaient d'éclairer pour moi le sentier qui m'avait d'abord paru impraticable. L'œuvre qui m'avait paru si vague et si confuse se précisait à mesure qu'il parlait et prenait une forme définie sous sa main créatrice. Je lui demandai un quart d'heure de réflexion.

– Très volontiers, me répondit-il.

« Je *peux* faire ce qu'il me demande, me dis-je, je suis bien forcée de le reconnaître. Oui, il m'est possible de consentir à sa demande, à l'exception d'une chose. Il m'a priée d'être sa femme, et il n'a pas plus le cœur d'un mari pour moi que ce rocher gigantesque et sauvage, au pied duquel bouillonne le torrent. Il tient à moi comme un soldat à une bonne arme, voilà tout. Je vais lui dire que je l'accompagnerai comme sa sœur, et non comme sa femme. »

– Je suis prête à aller aux Indes, dis-je, si je puis y aller libre. Jusqu'ici, vous avez été mon frère d'adoption, moi votre sœur d'adoption : continuons ainsi, mieux vaut ne pas nous marier.

Il secoua la tête :

– Une fraternité d'adoption ne suffit pas. Si vous étiez ma véritable sœur, ce serait différent : je vous emmènerais et ne chercherais nulle femme. Mais les choses étant ce qu'elles sont, soit notre union est consacrée et scellée par le mariage, soit elle est impossible. Je veux une femme : c'est la seule compagne que je puisse influencer efficacement pendant la vie et conserver absolument jusqu'à la mort.

Je regardai ses traits, beaux dans leur harmonie, mais étrangement terribles dans leur tranquille sévérité ; ses yeux brillants, profonds, scrutateurs, mais jamais doux. J'essayai de me figurer que j'étais *sa femme*. Oh ! ce serait impossible !

– Saint-John ! m'écriai-je. Je vous le répète, je consens volontiers à partir avec vous comme votre compagne missionnaire, mais pas comme votre femme. Je ne puis vous épouser et devenir une partie de vous-même.

– Il faut que vous deveniez une partie de moi, répondit-il posément, sans cela le reste est exclu.

Comment moi, qui n'ai pas encore trente ans, pourrais-je emmener aux Indes une jeune fille de dix-neuf ans, si elle n'est pas ma femme ? Il faut nous marier. Je vous le répète : il n'y a pas d'autre moyen, et notre mariage sera sûrement suivi d'assez d'amour pour rendre cette union légitime, même à vos yeux.

– Je méprise votre idée de l'amour, ne pus-je m'empêcher de m'écrier. Je méprise le faux sentiment que vous m'offrez ; oui, Saint-John, et quand vous me l'offrez, je vous méprise vous-même.

Il me regarda fixement. Il serait difficile de dire s'il fut surpris ou irrité, car il sut se dominer entièrement.

– Je ne m'attendais guère à entendre ces mots dans votre bouche, dit-il. Je crois n'avoir rien fait ni dit qui méritât le mépris. Demain, je pars pour Cambridge : j'y ai plusieurs amis auxquels je voudrais dire adieu. Je serai absent une quinzaine de jours. Pendant ce temps, songez à mon offre et n'oubliez pas que, si vous la rejetez, ce n'est pas moi, mais Dieu, que vous refusez.

Ce soir-là, après avoir embrassé ses sœurs, il jugea convenable d'oublier même de me serrer la main et quitta la pièce en silence. Comme, sans avoir d'amour, j'avais beaucoup d'amitié pour lui, je fus peinée par cet oubli volontaire.

Dans ces choses-là, j'ai peu d'orgueil : je

préfère toujours être heureuse plutôt que digne. Je courus après lui ; il était au pied de l'escalier.

Quand je lui demandai s'il me pardonnait, il me répondit qu'il n'avait pas l'habitude de se souvenir des vexations, qu'il n'avait rien à pardonner puisqu'il n'avait pas été offensé.

Après m'avoir fait cette réponse, il me quitta. J'aurais préféré qu'il me jetât à terre.

CHAPITRE XXXV

Il ne partit pas pour Cambridge le lendemain, ainsi qu'il l'avait dit. Il différa son départ d'une semaine, pendant laquelle il me fit sentir quelle rude punition peut infliger un homme bon mais sévère, consciencieux mais implacable, quand on l'a offensé. Sans un seul acte d'hostilité, sans un seul mot de reproche, il me fit éprouver à tout instant que je n'avais plus sa faveur.

Pour moi, il n'était plus un homme de chair, mais un homme de marbre.

Le soir qui précéda son départ, je le vis se promener seul dans le jardin ; en le regardant, je me rappelai que cet homme, si éloigné de moi qu'il fût à présent, m'avait jadis sauvé la vie, que nous étions parents, et je voulus faire un dernier effort pour regagner son amitié. Je sortis et m'approchai de lui. J'en vins tout de suite au sujet qui m'intéressait.

– Saint-John, dis-je, faut-il nous séparer ainsi ? Et, quand vous partirez pour l'Inde, me quitterez-vous sans m'avoir dit une seule parole affectueuse ?

Il me regarda en face :

– Quand je partirai pour l'Inde, Jane, je vous quitterai ! Comment ! Ne m'accompagnez-vous pas ?

– Vous m'avez dit que je ne le pouvais pas, à moins de vous épouser.

– Et vous ne voulez pas m'épouser ! Vous persistez dans votre résolution ?

Lecteur, connaissez-vous, comme moi, la terreur que peuvent mettre les gens froids dans leurs glaciales questions ? Savez-vous à quel point leur colère ressemble à la chute d'une avalanche ?

– Saint-John, dis-je pourtant, je le répète, je serai votre vicaire, si vous le désirez, jamais votre femme. En outre, il y a une chose sur laquelle j'ai depuis longtemps des doutes douloureux, et je n'irai nulle part avant d'avoir éclairci ces doutes.

– Je sais vers quel objet se tourne votre cœur. La chose qui vous préoccupe est illégitime et impie. Vous auriez dû l'anéantir depuis longtemps : maintenant, vous devriez rougir d'y faire allusion. Vous pensez à M. Rochester ?

C'était vrai. Je le confessai par mon silence.

– Alors, reprit-il, il ne me reste qu'à me souvenir de vous dans mes prières et à supplier Dieu du fond de mon cœur qu'Il ne fasse pas de vous une réprouvée. J'avais cru reconnaître en vous une élue. Mais Dieu ne voit pas comme les hommes : que Sa volonté soit faite.

Il ouvrit la grille, la franchit et descendit dans la vallée. Je ne le vis bientôt plus.

Mais je fus forcée de me trouver avec lui au souper. Pendant le repas, il fut aussi calme qu'à l'ordinaire. Je croyais qu'il me parlerait à peine. Il me parla comme d'habitude ou, du moins, comme il me parlait depuis quelque temps, c'est-à-dire avec une politesse scrupuleuse.

La prière achevée, nous prîmes congé de lui : il devait partir le lendemain de très bonne heure. Après l'avoir embrassé, Diana et Mary quittèrent la pièce. Je lui tendis la main et lui souhaitai un bon voyage.

– Merci, Jane, me dit-il. Je reviendrai dans une quinzaine : je vous laisse encore ce laps de temps pour réfléchir. Si j'écoutais l'orgueil humain, je ne vous parlerais plus de mariage, mais je n'écoute que mon devoir et n'ai en vue que la gloire de Dieu. Je ne peux pas vous laisser à votre perdition : repentez-vous, décidez-vous, pendant qu'il est encore temps. Souvenez-vous du sort de l'homme riche, qui reçut tous ses biens sur la terre. Que Dieu vous donne la force de choisir cette richesse que personne ne pourra vous enlever !

Il posa la main sur ma tête en prononçant ces paroles. Il avait parlé avec ferveur et douceur. Son regard n'était certainement pas celui d'un amant contemplant sa maîtresse, mais celui d'un pasteur qui rappelle sa brebis égarée ou, plutôt, celui d'un ange gardien veillant sur l'âme qui lui a été confiée. Tous les hommes de talent, qu'ils soient ou non hommes de sentiment, ambitieux ou despotes, pourvu qu'ils soient sincères, ont leurs moments sublimes où ils dominent et soumettent. Je sentis pour Saint-John une vénération si forte qu'elle me précipita soudain au point que j'évitais depuis si longtemps. Je fus tentée de cesser toute lutte, de me laisser entraîner par le torrent de sa volonté, de m'engloutir dans le gouffre de son existence et d'y sacrifier la mienne. J'étais presque aussi durement assaillie par lui que je l'avais été jadis par un autre. Les deux fois, je fus sotte. Céder autrefois eût été une erreur morale, céder aujourd'hui eût été une erreur de jugement. Je vois tout cela clairement, en regardant rétrospectivement ce moment critique. Mais, alors, je n'avais pas conscience de ma sottise.

– Pourriez-vous vous décider maintenant ? me demanda le missionnaire.

Son accent était doux, et il m'attira amicalement vers lui. Oh, cette douceur ! Comme elle était plus puissante que la force ! Je pouvais résister à la colère de Saint-John, mais sa bonté me faisait plier comme un roseau.

– Je pourrais me décider si j'étais certaine, répondis-je ; je pourrais jurer de devenir votre femme si j'étais convaincue que telle est la volonté de Dieu.

– Mes prières ont été entendues ! s'écria Saint-John.

Il pressa plus fermement sa main sur ma tête, comme s'il s'emparait de moi : il m'entoura de ses bras *presque* comme s'il m'aimait (je dis *presque* car je pouvais apprécier la différence, je savais ce que c'est qu'être aimée ; mais, comme lui, j'avais désormais mis l'amour hors de question et ne pensais plus qu'au devoir). Je désirais sincèrement et avec ardeur faire ce qui était le bien, et seulement cela. Je suppliais le ciel : « Montre-moi la voie ! » Jamais je n'avais été si exaltée ; le lecteur jugera si ce qui se passa alors fut le résultat de mon exaltation.

La maison était plongée dans le silence car je crois que, à l'exception de Saint-John et moi, tout le monde était allé se coucher. Mon cœur battait à tout rompre : j'entendais ses palpitations. Tout à coup, ses battements furent arrêtés par une sensation inexprimable, qui bientôt se communiqua à ma tête et à mes membres. Cette sensation ne ressemblait pas à un choc électrique, mais elle était aussi aiguë, aussi étrange, aussi saisissante.

Mes sens étaient en alerte : l'œil et l'oreille attendaient, la chair frémissait sur mes os.

– Qu'avez-vous entendu ? Qu'avez-vous vu ? demanda Saint-John.

Je n'avais rien vu, mais j'avais entendu une voix me crier : « Jane ! Jane ! Jane ! » – rien de plus.

Cette voix ne sortait ni de la maison, ni du jardin, ni de l'air, ni des entrailles de la terre, ni du ciel. C'était la voix d'un humain, une voix connue, aimée, inoubliable, celle d'Edward Fairfax Rochester ; et elle était triste, douloureuse, sauvage, étrange, pressante.

– Je viens ! m'écriai-je. Attendez-moi ! Oh, je vais venir !

Je m'écartai brusquement de Saint-John. Je le priai de me laisser : je devais et voulais être seule. Il obéit aussitôt. Quand on a une énergie assez forte pour bien ordonner, il est facile de se faire obéir. Je montai dans ma chambre, m'enfermai et attendis le jour avec impatience.

CHAPITRE XXXVI

Le jour se leva enfin. Bien qu'on fût le 1er juin, la matinée était froide et sombre, la pluie fouettait les vitres. J'entendis Saint-John ouvrir la porte d'entrée et, regardant par la fenêtre, je le vis traverser le jardin. Il prit un chemin au-dessus de la lande brumeuse, dans la direction de Whitcross – c'était là qu'il devait prendre la diligence.

« Dans quelques heures, je suivrai la même route que vous, cousin, pensai-je ; moi aussi, j'ai une diligence à prendre à Whitcross. Moi aussi, j'ai, en Angleterre, quelqu'un dont je voudrais savoir des nouvelles avant de partir pour toujours. »

Le voyage durait trente-six heures. Je partis de Whitcross un mardi après-midi et, le jeudi matin de bonne heure, le cocher s'arrêta pour faire boire les chevaux devant une auberge située au milieu d'un paysage dont les haies vertes et les vastes champs me frappèrent comme les traits d'un visage connu.

– À quelle distance se trouve le manoir de Thornfield ? demandai-je au garçon d'écurie.

– À deux milles à travers champs, madame.

« Mon voyage est fini », me dis-je. Je descendis de la diligence et chargeai le garçon de garder ma malle jusqu'à ce que je la fisse demander. J'étais déjà sur les terres de mon maître.

Comme je marchais vite ! Comme je courais parfois ! Comme j'étais impatiente d'apercevoir les bois bien connus !

Enfin, ils se dressèrent face à moi. Je pressai encore le pas. Je traversai encore un champ, longeai encore un sentier et j'eus devant moi les murs de la cour, les dépendances : la maison elle-même était toujours dissimulée.

J'avais longé le mur bas du verger, j'en tournai l'angle : il y avait une porte à cet endroit, entre deux piliers de pierre. À l'abri derrière l'un de ces piliers, je pouvais tranquillement contempler toute la façade de la maison. J'avançai la tête avec précaution pour voir si aucun store des chambres n'était levé : créneaux, fenêtres, longue façade, je devais tout apercevoir depuis mon poste d'observation.

Je jetai d'abord un coup d'œil, suivi d'un long regard ; puis je sortis de ma retraite et m'avançai dans le pré. J'avais dirigé mes regards vers une imposante demeure : je vis une ruine noircie par la fumée.

La pelouse, le parc étaient piétinés et dévastés ; le portail était béant. La façade était telle que je l'avais vue en rêve, une fragile carcasse de mur percée de fenêtres sans vitres ; plus de toit, de créneaux, de cheminées – tout s'était effondré.

Je ne m'étonnai plus que mes lettres fussent restées sans réponse : autant les envoyer dans le caveau d'une église. En regardant les pierres noircies, il était facile de comprendre que le manoir avait été détruit par le feu. Mais qui l'avait allumé ? Quelle était l'histoire de ce désastre ? Des vies avaient-elles été détruites en même temps que la maison ? Lesquelles ?

Il me fallait des réponses à ces questions. Je ne pourrais en obtenir qu'à l'auberge ; j'y retournai donc sans tarder. L'aubergiste m'apporta lui-même mon petit déjeuner. Je le priai de fermer la porte : j'avais des questions à lui poser.

– Vous connaissez sans doute le manoir de Thornfield ? hasardai-je. M. Rochester vit-il au manoir en ce moment ?

Je savais bien quelle réponse je recevrais, mais désirais retarder toute question directe sur le lieu où il se trouvait réellement.

– Oh non ! répondit-il. Personne n'y habite. Vous n'êtes pas du pays, sans cela vous sauriez ce qui est arrivé l'automne dernier – le manoir de Thornfield n'est plus qu'une ruine : il a brûlé vers l'époque des moissons. Un terrible malheur ! Le feu s'est déclaré en pleine nuit.

– En pleine nuit ! murmurai-je. Connaît-on la cause de l'incendie ?

– On l'a devinée, madame. Vous ne savez peut-être pas, continua-t-il en approchant sa chaise et en parlant plus bas, qu'il y avait une femme… une folle, enfermée dans la maison ? Cette folle se trouvait être la femme de M. Rochester ! Cette découverte se fit de la plus étrange manière. Il y avait au manoir une jeune gouvernante dont M. Rochester tomba amoureux. Je ne l'ai jamais vue, mais j'ai entendu Leah, la bonne, parler d'elle. M. Rochester avait la quarantaine, et la gouvernante n'avait pas vingt ans. Eh bien, il voulait l'épouser.

– Vous me raconterez cela plus tard, dis-je ; j'ai mes raisons pour désirer connaître le récit de l'incendie. A-t-on soupçonné la folle d'y avoir pris part ?

– Il est certain que c'est elle, et personne d'autre, qui a mis le feu. Il y avait une femme chargée de la garder ; elle s'appelait Mme Poole. C'était une femme vraiment digne de confiance, elle n'avait qu'un défaut : elle avait toujours une bouteille de gin à portée de main et, de temps en temps, elle buvait une goutte de trop. C'est pardonnable, car elle avait la vie rude, mais c'était dangereux ; car, lorsque Mme Poole s'endormait sous l'effet du gin, la folle, qui était aussi maligne qu'une sorcière, prenait les clefs dans sa poche, sortait de sa chambre et allait rôder dans la maison pour y faire tout le mal qui lui passait par la tête. La nuit de l'incendie, elle a d'abord mis le feu aux rideaux de la chambre qui touchait la sienne, puis elle est descendue dans la chambre qui avait été celle de la gouvernante et a mis le feu au lit – heureusement, personne n'y dormait. La gouvernante s'était enfuie deux mois auparavant et, bien que M. Rochester l'ait fait rechercher comme s'il n'avait rien de plus précieux au monde, il n'en entendit plus jamais parler. Sa souffrance le jeta dans une sorte d'égarement. Il voulait être seul. Il renvoya Mme Fairfax, l'intendante, dans sa famille, mais il eut des égards, car il lui fit une rente viagère. Mlle Adèle, sa pupille, fut mise en pension. Il rompit avec toutes ses connaissances dans la bonne société et s'enferma au manoir comme un ermite.

– M. Rochester était-il au château quand le feu éclata ?

– Oui, et il est monté dans les mansardes pendant que tout était en feu, il a réveillé les domestiques et les a lui-même aidés à descendre, puis il est retourné pour libérer la folle de sa cellule. On vint l'avertir qu'elle était sur le toit, qu'elle gesticulait au-dessus des créneaux et jetait de tels cris qu'on l'entendait à un mille. M. Rochester est monté sur le toit par la lucarne. On l'a entendu appeler : « Berthe ! » Il s'est approché d'elle ; aussitôt, la folle a jeté un cri, elle a sauté et s'est écrasée sur le pavé.

– Grand Dieu ! Y eut-il d'autres morts ?

– Non – pourtant il aurait mieux valu peut-être.

– Que voulez-vous dire ?

– Pauvre M. Edward ! Il est complètement aveugle.

Je craignais pire. Je craignais qu'il ne fût fou. Je rassemblai mes forces pour demander ce qui avait causé ce malheur.

– Son courage et sa bonté, madame. Il n'a pas voulu quitter la maison avant que tout le monde en soit sorti. On l'a retiré de dessous les ruines vivant, mais grièvement blessé : une poutre était tombée de manière à le protéger en partie, mais il avait perdu un œil, et une de ses mains était tellement broyée, que M. Carter, le chirurgien, a dû l'amputer sur-le-champ. Son autre œil a été brûlé, de sorte qu'il a totalement perdu la vue. Maintenant, il est désemparé, aveugle et estropié.

– Où est-il ? Où habite-t-il aujourd'hui ?

– Au manoir de Ferndean, une propriété qu'il possède à trente milles d'ici, un endroit désert.

– Qui est avec lui ?

– Le vieux John et sa femme : il n'a voulu personne d'autre.

– Avez-vous une voiture ici ?

– Nous avons un cabriolet, madame.

– Faites-le préparer tout de suite, et dites à votre postillon que, s'il peut me mener à Ferndean avant la nuit, je vous paierai, lui et vous, le double de ce que vous demandez ordinairement.

CHAPITRE XXXVII

Le manoir de Ferndean était une très vieille bâtisse, sans prétentions architecturales, et située au plus profond des bois. J'en avais déjà entendu parler. M. Rochester le nommait souvent et s'y rendait parfois. Son père avait acheté cette propriété pour ses belles chasses. Il l'aurait louée s'il avait pu, mais personne n'en voulait, tant le lieu était insalubre.

J'y arrivai peu avant la nuit : le ciel était triste, le vent froid, et il tombait une pluie continuelle et pénétrante. Je fis le dernier mille à pied, après avoir renvoyé le cabriolet. Même à faible distance du manoir, on ne le voyait pas, tant le bois qui l'entourait était sombre et épais.

J'avançai : enfin le chemin s'éclaircit, les arbres devinrent moins touffus ; bientôt j'aperçus un portail, puis la maison... Sa façade présentait deux pignons pointus ; les fenêtres étaient petites et treillissées. La porte d'entrée était étroite et précédée par une marche. La pluie tombant sur les feuilles était le seul bruit qu'on entendît.

« Peut-il y avoir de la vie ici ? » me demandai-je. Oui, il y en avait, car j'entendis un mouvement – l'étroite porte s'ouvrit, et une forme fut sur le point de sortir de la bâtisse.

La silhouette s'arrêta sur la marche : c'était un homme, tête nue. Il tendit la main, comme pour sentir s'il pleuvait. Malgré l'obscurité, je l'avais reconnu – c'était mon maître, Edward Fairfax Rochester.

Ses corps était aussi vigoureux que jadis, son port aussi droit, ses cheveux aussi noirs ; ses traits n'étaient ni altérés ni abattus : une année de douleur n'avait pu épuiser sa force athlétique ni flétrir sa vigueur. Mais, dans son expression, je vis un changement : son visage désespéré et accablé me fit penser à une bête sauvage ou à un oiseau blessé et enchaîné.

Il tendit la main droite (le bras gauche, le bras mutilé, il le tenait caché dans sa poitrine) : il parut vouloir, par le toucher, comprendre ce qui l'entourait, mais il ne rencontra que le vide. Il renonça à ses efforts, rentra et referma la porte.

Alors je m'approchai et frappai : la femme de John m'ouvrit. Elle tressaillit comme si elle avait vu un fantôme : je la tranquillisai, puis la suivis dans la cuisine. À ce moment, la sonnette du salon se fit entendre.

Elle remplit un verre d'eau et le posa sur un plateau avec deux bougies.

– Est-ce pour cela qu'il a sonné ? demandai-je.

– Oui : bien qu'il soit aveugle, il veut toujours avoir des chandelles le soir.

– Donnez-moi le plateau, je le porterai moi-même.

Je le lui pris des mains, et elle m'indiqua la porte du salon.

Ce salon était lugubre : un feu négligé brûlait dans l'âtre, et l'aveugle, qui occupait cette pièce, se penchait vers le foyer, la tête appuyée contre l'antique cheminée. Au moment où j'entrai, Pilote dressa l'oreille, se leva en jappant et bondit vers moi. M. Rochester se détourna machinalement pour *voir* ce qui avait occasionné ce bruit ;

mais, ne pouvant rien *voir*, il se retourna en soupirant.

– Donnez-moi l'eau, Mary, dit-il.

– Mary est dans la cuisine, répondis-je.

– Qui est-ce ? Qui parle ?

– Pilote m'a reconnue. Je suis arrivée ce soir.

– Où est celle qui parle ? N'est-ce qu'une voix ? Qui que vous soyez, laissez-moi vous toucher, ou je mourrai !

Il se mit à tâtonner ; j'arrêtai sa main errante et l'emprisonnai dans les miennes.

– Ce sont bien ses doigts ! cria-t-il. Alors elle est ici tout entière.

Sa main vigoureuse m'échappa ; il saisit mon bras, mon épaule, mon cou, ma taille – bientôt je me sentis enlacée par lui.

– Est-ce Jane ? Est-ce bien elle ?

– C'est elle tout entière : c'est toujours son même cœur pour vous. Dieu vous bénisse, Monsieur ! Je suis heureuse d'être près de vous.

– Jane Eyre ! Jane Eyre ! fut tout ce qu'il dit.

Je pressai mes lèvres sur ses yeux brillants jadis, et désormais éteints. Je soulevai ses cheveux et embrassai son front. Il sembla se réveiller tout à coup et se convaincre qu'il n'était pas le jouet d'une illusion.

– C'est vous, Jane, n'est-ce pas ? Ainsi, vous m'êtes revenue ?

– Oui.

– Alors vous n'êtes pas étendue sans vie dans quelque fossé ou dans quelque torrent? Vous n'êtes pas méprisée chez des étrangers?

– Non, Monsieur! Je suis une femme indépendante maintenant. Mon oncle de Madère est mort et m'a laissé cinq mille livres.

– Comment, Jane! Vous voilà indépendante? Vous voilà riche?

– Oui, monsieur et, si vous ne voulez pas me laisser demeurer avec vous, je peux faire bâtir une maison tout près de la vôtre. Le soir, quand vous aurez besoin de compagnie, vous viendrez vous asseoir dans mon salon.

– Mais maintenant que vous êtes riche, Jane, vous avez sans doute des amis qui veilleront sur vous et ne vous laisseront pas dévouer votre vie à un aveugle estropié comme moi?

– Je vous ai dit, Monsieur, que j'étais indépendante et riche: je suis ma propre maîtresse.

– Et vous voulez rester avec moi?

– Certainement. Je serai vos mains et vos yeux. Cessez de paraître triste, mon cher maître; tant que je vivrai, vous ne serez pas abandonné.

– Oui. Vous pourriez peut-être vous décider à me servir comme une gentille petite garde-malade (car vous avez un cœur affectueux et un esprit généreux qui vous poussent à faire des sacrifices pour ceux que vous prenez en pitié), et cela devrait me suffire, sans doute. Mais vous ne pourrez pas toujours être ma garde-malade, Jane : vous êtes jeune, vous vous marierez un jour.

– Je ne désire pas me marier.

– Il faut le désirer, Jane. Si j'étais comme jadis, je m'efforcerais de vous le faire désirer, mais... une bûche aveugle ! Et, au bout de ce bras, il n'y a ni main ni ongles, ajouta-t-il en tirant de sa poitrine le membre mutilé et en me le montrant. C'est un horrible spectacle ! N'est-ce pas, Jane ? Je ne vaux pas mieux que le vieux marronnier frappé par la foudre dans le verger de Thornfield.

– Vous n'êtes pas un arbre frappé par la foudre : vous êtes vert et vigoureux. Des plantes pousseront autour de vos racines, que vous le leur demandiez ou non, car elles prendront plaisir à votre riche ombrage ; elles s'appuieront sur vous et vous enlaceront, car votre force leur sera un appui sûr.

– Parlez-vous des amis, Jane ? me demanda-t-il.

Je pensais à quelque chose de plus, mais ne savais quel autre mot employer. Il vint à mon secours.

– Ah ! Jane, me dit-il. J'ai besoin d'une femme.

– Alors, Monsieur, choisissez *celle qui vous aime le plus*.

– Je choisirai du moins *celle que j'aime le plus*. Jane, voulez-vous m'épouser ?

– Oui, Monsieur.

– Un estropié, de vingt ans plus vieux que vous, et qu'il faudra soigner ?

– Oui, Monsieur.

– Mais, Jane, il faudra supporter mes infirmités, oublier mes déficiences.

– Qui n'en sont pas pour moi, Monsieur. Je vous aime plus encore aujourd'hui que je puis vous être utile qu'aux jours de votre fière indépendance, quand vous méprisiez tout autre rôle que celui de donateur et de protecteur.

– Eh bien alors, rien ne nous oblige à attendre. Dans trois jours, nous nous marierons. Jane, continua-t-il, vous me prenez pour un païen, et pourtant mon cœur est gonflé de gratitude envers le Dieu bienfaisant. Il y a peu, Jane, j'ai reconnu la main de Dieu dans mon destin. Alors j'ai commencé à sentir du remords et du repentir, à désirer de me réconcilier avec mon Créateur. Je me suis mis à prier parfois. Il y a quelques jours – quatre jours, du reste, car c'était lundi soir –, je me trouvais dans une singulière disposition : je me disais que, puisque je ne pouvais pas vous trouver, vous deviez être morte. Ce soir-là, entre onze heures et minuit, avant de me laisser aller à mon triste sommeil, j'ai supplié Dieu de me retirer de ce monde et de m'admettre dans cette éternité où j'avais encore l'espoir de rejoindre Jane. Malgré moi, mes lèvres ont exprimé les désirs de mon cœur, et je me suis écrié : « Jane ! Jane ! Jane ! »

– Avez-vous prononcé tout haut ces mots ?

– Oui, Jane. Et si quelqu'un m'avait entendu, il m'aurait cru fou, car je les ai prononcés avec une énergie farouche.

– Vous dites que c'était lundi dernier, vers minuit ?

– Oui, mais peu importe le jour. Voici le plus étrange. Vous allez me croire superstitieux. N'importe, ce que je vais vous dire est vrai. Au moment où je criai, une voix, je ne puis dire d'où elle venait, mais je sais bien à qui elle appartenait, m'a répondu : « Je viens : attendez-moi. »

Lecteur, c'était aussi le lundi, vers minuit, que j'avais moi-même reçu le mystérieux avertissement : c'était bien là ce que j'avais répondu. J'écoutai le récit de M. Rochester, mais sans lui révéler ce qui m'était arrivé. Je l'aurais profondément impressionné, et cet esprit, déjà enclin, par ses souffrances, à la mélancolie, n'avait pas besoin d'être encore obscurci par un récit surnaturel. Je gardai donc ces choses ensevelies dans mon cœur et les méditai.

CHAPITRE XXXVIII

CONCLUSION

Lecteur, je l'épousai. Notre mariage se fit sans bruit : lui et moi, le pasteur et le clerc, étions seuls présents.

J'écrivis immédiatement à Moor House et à Cambridge : je donnai toutes les explications nécessaires dans ma lettre. Diana et Mary m'approuvèrent sans réserve.

Comment Saint-John vécut la nouvelle, je l'ignore : il ne répondit jamais à la lettre que je lui avais envoyée. Mais, six mois plus tard, il m'écrivit, sans toutefois nommer M. Rochester ni faire allusion à mon mariage. Sa lettre était calme et même amicale, bien que fort sérieuse. Depuis ce temps, notre correspondance, sans être très fréquente, est régulière : il espère que je suis heureuse et que je ne compte pas parmi ceux qui vivent sans Dieu dans le monde et ne s'inquiètent que des réalités terrestres.

Sans doute n'avez-vous pas complètement oublié la petite Adèle, lecteur ? J'obtins bientôt de M. Rochester la permission d'aller la voir dans l'école où il l'avait placée. Je fus émue par la joie frénétique qu'elle témoigna en me revoyant. Je la ramenai avec moi. Je voulais redevenir sa gouvernante, mais me rendis bientôt compte que c'était impossible : un autre réclamait mon temps et mes soins – mon mari en avait besoin en totalité. Je cherchai une école assez voisine afin de pouvoir aller la voir souvent et la ramener quelquefois à la maison.

Mon récit touche à sa fin.

Il y a maintenant dix ans que je suis mariée. Je sais ce que signifie vivre entièrement avec et pour l'être que j'aime le plus au monde. Jamais une femme ne fut plus liée à son compagnon que je ne le suis. Être ensemble est pour nous le moyen d'être aussi libres que dans la solitude et aussi gais qu'en société. Il a toute ma confiance, et j'ai toute la sienne ; nos caractères se conviennent : il en résulte un accord parfait.

M. Rochester resta aveugle les deux premières années de notre mariage ; c'est peut-être là ce qui nous a tant rapprochés, ce qui a rendu notre union si intime, car j'étais sa vue comme je suis encore sa main droite.

Un matin, vers la fin de ces deux années, j'écrivais une lettre sous sa dictée quand il approcha, se pencha vers moi et me dit :

– Jane, as-tu quelque chose de brillant autour du cou ?

J'avais une chaîne de montre en or.

Je répondis :

– Oui.

– Et portes-tu une robe bleu pâle ?

C'était le cas. Il m'apprit alors que, depuis quelque temps, il lui semblait voir s'éclaircir les ténèbres qui recouvraient son œil; désormais, il en était sûr.

Nous nous rendîmes à Londres. Il consulta un éminent oculiste et finit par recouvrer la vue de cet œil. Il ne voit pas très bien: il ne peut lire ni écrire longtemps, mais il peut se guider sans qu'on le tienne par la main: le ciel n'est plus un vide pour lui – ni la terre un néant. Et quand son premier-né lui fut mis dans les bras, il put voir que son fils avait hérité de ses yeux, de ses yeux d'autrefois, si grands, si brillants et si noirs.

REPÈRES BIOGRAPHIQUES

1816 21 avril : Naissance à Thornton, dans le Yorkshire, de Charlotte Brontë. Elle a deux sœurs aînées, Maria et Elizabeth, qui ont respectivement quatre et deux ans de plus qu'elle. Leur père, Patrick Brontë, est un pasteur d'origine irlandaise au tempérament assez tyrannique.

1817 Naissance de Patrick Branwell Brontë.

1818 Naissance d'Emily Brontë.

1820 Naissance d'Anne Brontë. Toute la famille emménage au presbytère de Haworth, dans l'ouest du Yorkshire.

1821 Septembre : Mort de Maria Branwell, leur mère. Charlotte a cinq ans. C'est leur tante maternelle, Elizabeth Branwell, qui vient s'occuper des six enfants.

1824 Patrick Brontë place ses quatre filles aînées dans un pensionnat réservé aux filles d'ecclésiastiques, Cowan Bridge.

1825 Les conditions de vie y sont tellement rudes que Maria et Elizabeth meurent de la tuberculose dans les cinq premiers mois de l'année. Charlotte et Emily rentrent à Haworth le 1er juin. Ce sinistre épisode de sa vie marquera durablement Charlotte qui l'évoquera de manière à peine déguisée dans *Jane Eyre*. Elle est désormais l'aînée des enfants survivants, Branwell, Emily et Anne, qui, à partir de cette année-là, seront plus ou moins livrés à eux-mêmes.

1826 C'est à cette époque que les enfants Brontë commencent à inventer et à écrire des histoires inspirées, au début, des soldats de plomb de Branwell.

1831 Charlotte a quinze ans. Désireuse de gagner sa vie, elle entame des études pour devenir institutrice et entre, en janvier, au pensionnat de Roe Head.

1832 Elle revient à Haworth. Toujours tenaillée par le désir d'écrire, elle commence, avec son frère, à rédiger la saga d'Angria, une contrée imaginaire, Emily et Anne rédigeant, quant à elles, la saga du pays de Gondal.

1835-1838 Charlotte devient institutrice à Roe Head.

1839 Ses deux sœurs entrent comme préceptrices dans des familles. Anne travaillera ainsi dans une famille répondant au nom de Ingram (comme la «fiancée» de M. Rochester dans *Jane Eyre*).

1841 Charlotte quitte ses fonctions d'institutrice pour devenir, elle aussi, gouvernante chez des particuliers. Mais elle rêve de créer sa propre école.

1842 Elle décide de partir pour Bruxelles afin de parfaire son français. Elle s'inscrit donc, avec sa sœur Emily, au pensionnat dirigé par Mme Heger. Là, elle commence à subir l'ascendant du mari de cette dernière.

Novembre: Les deux sœurs regagnent l'Angleterre suite au décès de leur tante. Emily décide de rester en Grande-Bretagne.

1843 Janvier: Charlotte retourne à Bruxelles pour enseigner l'anglais au pensionnat Heger. De plus en plus amoureuse de Constantin Heger, elle traverse une crise psychologique profonde. De son côté, en Angleterre, son frère Branwell devient précepteur dans la même famille qu'Anne.

1844 Janvier: Priée de quitter le pensionnat Heger, Charlotte rentre à Haworth. De là, elle va écrire des lettres enflammées à ce «maître» qui mettra rapidement un terme à leur correspondance.

Elle tente d'ouvrir une école, mais, faute d'élèves, doit bientôt renoncer à ce projet.

1845 Anne et Branwell quittent la famille où ils travaillaient. Charlotte découvre un jour par hasard des poèmes d'Emily et propose à ses sœurs de publier un recueil collectif. Il paraîtra à compte d'auteur au mois de mai de l'année suivante sous les pseudonymes masculins de Currer (pour Charlotte), Ellis (pour Emily) et Acton (pour Anne) Bell. Chacune des trois sœurs se lance alors dans l'écriture romanesque.

1846 Août: Charlotte commence à rédiger *Jane Eyre*, un récit autobiographique.

1847 *Les Hauts de Hurlevent*, d'Emily, et *Agnès Grey*, d'Anne, sont acceptés par un éditeur, mais pas *Le Professeur*, premier roman de Charlotte, qui, rejeté par plusieurs maisons, ne sera publié que de façon posthume, en 1857.

Août: En revanche, *Jane Eyre* trouve vite un éditeur. Il paraît en octobre sous le pseudonyme de Currer Bell et fait tout de suite sensation.

Ce récit à la première personne scandalise l'Angleterre victorienne par les désirs d'indépendance de son héroïne, mais son style passionné en fait un best-seller. Encouragée, Charlotte entame un troisième roman, *Shirley*.

1848 Anne publie *Le Locataire de Wildfell Hall*, dont l'éditeur répand des rumeurs sur les « frères Bell ».

24 septembre : Branwell meurt d'une crise de *delirium tremens* après avoir sombré dans l'alcool et dans l'opium suite à une déception amoureuse.

29 décembre : Emily, malade mais refusant de se soigner, meurt à son tour.

1849 28 mai : Mort d'Anne Brontë.

En moins d'un an, Charlotte a perdu toute sa fratrie. Désespérée, elle met tant bien que mal la dernière main à *Shirley* tout en luttant contre la dépression.

L'espoir reviendra grâce à son éditeur qui l'introduit dans les milieux littéraires londoniens.

1852 Le révérend Arthur Bell Nicholls, vicaire de Patrick Brontë, la demande en mariage, mais le père de Charlotte s'y oppose formellement.

1853 Parution d'un nouveau roman, *Villette*, inspiré de son expérience bruxelloise et de son amour pour M. Heger, et parfois considéré comme son chef-d'œuvre.

1854 Bravant l'interdit paternel, Charlotte épouse Arthur Bell Nicholls.

1855 31 mars : Mort de Charlotte, sans doute d'un refroidissement. Les causes exactes de son décès n'ont jamais été élucidées.

1857 Son amie et écrivain Elizabeth Gaskell publie la première biographie de Charlotte, jetant les bases d'un véritable mythe littéraire.

TABLE